そして パンプキンマンが あらわれた

作　ユ・ソジョン
絵　キム・サンウク
訳　すんみ

小学館

CONTENTS　目次

オ・イェジ

絵の才能《さいのう》がある12歳《さい》の女の子。ゲームでは〈ル@ナジャンプ21〉というユーザー名を使っている。ヘルメットボーイのさそいに乗り、事件《じけん》にまきこまれる。

パイキキ

世界中で大人気のVR《ヴイアール》ゲーム。だが、一部では不吉《ふきつ》なうわさが……。

シタデル

パイキキの中にある遊び場。それぞれ個性《こせい》的なテーマを持っている。

ヘルメットボーイ

イェジの前にあらわれた天才プログラマー。「いっしょにシタデルをつくろう」とイェジに提案《ていあん》する。危《き》険《けん》人《じん》物《ぶつ》だが、イェジが気づいたときは手おくれだった。

クロノス・ディア

明るい性格《せいかく》で、どこかマヌケな初心者プレイヤー。ユーザー名はいちばん好きなアニの主人公にちなんでいる。

パンプキンマン

もえあがる目ととがった歯を持つ、おそろしいモンスター。パンプキンマンの生みの親は、なんと……。

パーカさん

ゴミすて場に住んでいるなぞの人物。

This book is published with the support of the Literature Translation Institute of Korea (LTI Korea).

1. パイキキへようこそ

小学五年生のオ・イェジは、午後十二時三十分が大きらいだ。昼休みの時間で、みんなは給食を食べてから校庭で遊んだり、フジツボのようにひとつのテーブルをかこんで和気《わき》あいあいとおしゃべりしたりしている。とげとげの壁《かべ》が、自分のほうにせまってくるようだ。

（くるしい）

わらい声、おしゃべりする声、机《つくえ》や椅子《いす》をひきずる音。そんなノイズが耳をつんざくにぎやかな教室で、イェジは物音ひとつ立てずにすわっている。転校してきてから三か月も経《た》つのに、内気《うちき》なイェジはどのグループにも入れずにいた。教室のすみっこの、窓際《まどぎわ》にある席が、いつものイェジの席だ。みんなにさけられているみたいに、まわりにはだれもいやしない。

窓《まど》から差しこんだ光が、机《つくえ》だけを明るく照らしている。イェジは机《つくえ》の上にタブレットを置いて、今日も落書きに夢中《むちゅう》になっているふりをした。

（早く帰りたい）

うつむいたまま、途中《とちゅう》まで描《か》いた絵をながめる。タブレットの画面にうつしだされているのは、クロヒョウだ。ペン先から生まれたクロヒョウは、いまにも走りだしそうな生き

生きとした姿《すがた》で、口をあけてうなり声を上げている。
　イェジはペン先を画面に押《お》しあてて、3D《スリーディー》モードに切りかえた。中心を軸《じく》として絵をくるりとまわすと、円板がくるくるとまわって、クロヒョウの突《つ》き出た鼻先からなめらかな首までが立体的に仕上がった。
　イェジはうれしくなって、頬《ほお》がゆるんだ。頭にはこのクロヒョウにぴったりな場所がうかんでいる。

ずっしりと重かった心が、授業《じゅぎょう》の終わりを知らせるチャイムとともにときはなたれた。家に続く路地《ろじ》に入ると、イエジは全力でかけだした。だれかにあいさつでもされたらどうしようとおそれているみたいに。家が近くなればなるほど、胸《むね》にのしかかっていた重石《おもし》がだんだんと軽くなり、今度はむずむず、ピリピリとした感覚が全身に走った。いきおいよく玄関《げんかん》のドアをあけはなって家にあがると、タブレットの入ったリュックを放りなげて、自分の部屋にとびこんだ。

イエジはベッドに腰《こし》をかけて、VR《ヴィアール》ヘルメットに手をのばす。

（おまたせ！）

金魚鉢《きんぎょばち》のような丸い形のVR《ヴィアール》ヘルメットは、前面にホログラムパネルがあり、頭をつつむ部分にマザーボードが入っている。灰色《はいいろ》のヘルメットのいたるところには、イエジが好きな紫色《むらさきいろ》のシールがはってある。叔母《おば》が使っていた古いモデルで、脳神経《のうしんけい》に接続《せつぞく》するまでやや時間がかかるのがネックだけれど、自分用があるだけで満足だ。

イエジはベッドのクッションにもたれかかった。軽く深呼吸《しんこきゅう》をしてホログラムパネルに手をふれると、視界《しかい》が闇《やみ》につつまれた。

やがて目の前に宇宙《うちゅう》空間が広がった。星のようにただようさまざまなアイコンが、まるで別の世界へとつながるドアのようにイエジをまっている。イエジが目を上から下へ動かすと、横に広がっていたアイコンが縦一列《たていちれつ》にならんだ。VR《ヴィアール》ヘルメットは顔の筋肉《きんにく》を感じとることができるため、ちょっとした操作《そうさ》なら目を動かすだけでもできる。さらに下へ視《し》線《せん》を落とすと、アイコンがスクロールされた。

学習サポートをしてくれるバーチャル教室や、体をきたえられる体育館をとばして、イェジが目をとめたのは、広々《ひろびろ》とした草原のアイコンだ。よく見ると、静止画ではなく、まるで本物の風景のようにすこしずつうつりかわっている。原っぱの草はそよ風になびき、空にうかんだ雲はゆっくりとながれている。ずっと奥《おく》には高くそびえる崖《がけ》と、水しぶきが立ちのぼるほど大きな滝《たき》が見えた。その向こうから、かすかな影《かげ》が翼《つばさ》を羽ばたかせながら、こちらにじわじわと近づいてきた。

毎日のように見ているアイコンなのに、いつも胸《むね》が高鳴る。イェジは背筋《せすじ》をぴんとのばした。心の準備《じゅんび》を終えると、しばたたかせてゲームを起動した。

すると、草原の風景が奥《おく》にすいこまれ、すぐに銀河《ぎんが》に切りかわった。電気がながれるみたいに手足がピリピリする。うつしだされた星々《ほしぼし》はやがてピタッと止まり、イェジは重力にひきこまれるように、ひとつの巨大《きょだい》な惑星《わくせい》へすいよせられていく。ガタガタとゆれながらたどり着いたところは、紫色《むらさきいろ》の海が広がり、金色のほこりがまう神秘的《しんぴてき》な惑星《わくせい》だった。

（さあ、はじめよっか）

雲がさけて、地面に落ちていく。どんどんスピードが速まるけれど、ちっともこわくない。やがて体がゆれ、背中《せなか》から何かが放りだされた。大きなパラシュートだ。風にあおら

れながら地上へゆっくりおりていく。それから、目の前にテキストウィンドウがあらわれた。

［自由の地、パイキキへようこそ］

パイキキ。ここではなんにでもなれる。どこにでもいけて、どんなものでもつくることができる。このゲームはあるヘンテコプログラマーによってつくられたもので、できたばかりのころは、それほど有名ではなかった。なのに、世界的に有名な会社である「フューチャーネット」に買い取られてからは大成功した。いまやパイキキといえば、世界でもっとも大きな仮想現実《かそうげんじつ》プラットフォームに成長している。

イェジはずっと恋《こい》しかったパイキキの風景を見わたした。宇宙《うちゅう》から見たときには紫色《むらさきいろ》の海と金色のほこりにおおわれた、静かで雄大《ゆうだい》だった土地が、じっさいに足をふみいれてみると生命体のように活気を帯びている。

二本の脚《あし》で立つ鹿《しか》や映画《えいが》の有名キャラクターなど、さまざまな姿《すがた》のアバターが道を歩きまわっている。街は小さな店や、オープンしたばかりのマップを案内する表示板《ひょうじばん》であふれていた。噴水《ふんすい》の広場では、自分でつくった曲をながしているユーザーもいれば、サイボーグのように目元がかくれる細長いメガネをかけて、新しいクエストを見つけようとうろついているユーザーもいる。

はるか向こうにそびえる山、山の崖《がけ》からながれる滝水《たきみず》、滝《たき》の底《そこ》と地続きになっている地平線。そして地平線上では、巨大《きょだい》なシタデルが存在感《そんざいかん》を放っている。シタデルは、パイキキにいくつもある遊び場のことだ。

思わず笑みがこぼれた。今日は何をしよう、と考えるだけで胸《むね》がわくわくした。

イェジはアイテムボックスをひらく。すると、いままで一人称視点《いちにんしょうしてん》だったせいで見えなかったイェジのアバターが、アイテムを身につけた姿《すがた》で表示《ひょうじ》された。強化装備《そうび》を身につけた体は岩のように大きくて、背中《せなか》には銃《じゅう》を背負《せお》っている。イェジの武器《ぶき》、バブルガンだ。つるんとした白い銃身《じゅうしん》に青い炎《ほのお》がうずまいている。

もちろん、アイテムボックスをひらいたのには理由がある。

まずはいくつかのアイテムを手でどかして、空《あ》きスペースをつくった。やがて、アバターの手の中に大きなブラシがあらわれた。これでアイテムをつくったり、絵を描《か》いたりすることもできるのだが……。

(まっててね)

イェジはブラシを高く持ちあげて、笑みをうかべる。

(いますぐ出してあげるから)

ブラシをふり下ろすと、先ほど空《あ》けたスペースに白い竜巻《たつまき》があらわれた。風が強まり、

POTION

雲がこくなっていく。やがて大きな音とともにうずまいていた雲が散りながら消えていった。あたりが晴れると、凛《りん》とした影《かげ》がじわじわと姿《すがた》をあらわした。

イェジがよびだしたのは、いまにもおそいかかりそうな目でこちらをにらみつけるクロヒョウ。昼休みに描《か》いたあのクロヒョウが、いまイェジの目の前で体をしならせている。

パイキキで見るクロヒョウは、タブレットの画面ごしに見たものとまるでちがった。さわることもできるし、背中《せなか》に乗ることもできる。目を合わせることもできれば、プログラミングさえしっかりできていれば話をすることもできる。ファンタジー小説に出てくる召《しょう》喚術《かんじゅつ》のようだ。頭の中で考えたものが、本物のように目の前にあらわれる。イェジのパイキキが好きな一番の理由は、こうして自作ができるからだった。

イェジはクロヒョウの背中《せなか》をなであげて、そのまま手を頭にのせた。パイキキでは自作したアイテムをさまざまな目的で使うことができる。装備《そうび》にもなるし、アイテムにもできるけれど……。

(よし、これにしよっと!)

イェジはクロヒョウを「ペット」に設定《せってい》した。これで背中《せなか》に乗ることも、狩《か》りにつれていくこともできるようになる。

「こんにちは!」

クロヒョウは返事のかわりに、プログラミングで設定《せってい》されたとおりに黒い目をぱちぱちとまばたかせた。イェジはそれだけで十分だった。

クロヒョウがイェジを乗せて走りだす。砂《すな》が舞《ま》うたびに、バニラのような甘《あま》い香りがただよってくる。

真っ先に目に入ったのは、広場にあつまっておしゃべりしているユーザーたちの姿《すがた》だ。イェジは彼《かれ》らのチャットをのぞいてみる。

〈今日ネオシティにセボムがくるって？〉

〈新曲の発表があるらしい。見にいかなきゃ！〉

なんだ、そんなことか。がっかりしたイェジは、人混《ひとご》みからぬけだした。広場からはなれたところで、おとといオープンしたばかりのシタデルが目に入る。有名な化粧品《けしょうひん》メーカーが立ちあげたシタデルだ。近づいてみると、ハープの音がした。

「冒険家《ぼうけんか》〈ル@ナ ジャンプ21〉、いっしょに遊ばない？」

だれかに声をかけられた。コンピュータが操作《そうさ》するキャラクター、NPC《エヌピーシー》だ。ユーザー名を自動で認識《にんしき》できるようにプログラミングされている。とがった耳、砂時計《すなどけい》のようにくびれた腰《こし》までのびる白いくせ毛。それを見て、イェジはあくびが出そうになった。

（またファンタジーかよ。つまんない）

ユーザーがたずねたくなるように、ほとんどのシタデルにはそれぞれ個性的《こせいてき》なコンセプトがある。ここのコンセプトは「森にあるまぼろしの国」だ。高層《こうそう》ビルのような木がぎっしりと、空を刺《さ》すいきおいでそびえている。枝《えだ》と枝《えだ》のあいだを、名前も知らない鳥がとびまわっている。NPC《エヌピーシー》は小さな羽がついた妖精《ようせい》キャラばかりで、使われているアイテムは、宝石《ほうせき》でいろどられた鹿《しか》の角《つの》のアクセサリーと、木の実のポーションだけ。はなやかだけれど、どれも見たことのあるものばかりだった。あちこちにブランドのマークがきざまれていて、広告用《こうこくよう》につくられているのがバレバレだ。

「冒険家《ぼうけんか》〈ル@ナ ジャンプ21〉、いっしょに遊ばない？」

「もう出る」

どうせNPC《エヌピーシー》は返事ができないが、イェジは適当《てきとう》に言葉をかえしてその場をはなれた。こんなところで時間をむだにするのはもったいない。

イェジはクロヒョウの向きをかえて、シタデルをぬけだした。ハープの音が聞こえないくらいはなれたところで、妙《みょう》に不満がつのってきた。

(なんだか、どんどんつまらなくなるね)

パイキキをはじめたばかりのころは、何もかもユーザーの思いどおりにできた。なのに、その自由な遊び場さえ、力のある人たちにうばわれつつある。芸能人《げいのうじん》はパイキキをすぐ宣《せん》伝《でん》に利用しようとする。国会議員がやってくることだってある。シタデルはいまや広告《こうこく》の配信先に思えてしまうほどだ。有名な企業《きぎょう》によってつくられたシタデルを歩いていると、いつの間にか新しいタブレットやマニキュアセットがほしくなってくる。まるで洗脳《せんのう》でもされたかのように、だ。

結局、イェジが選んだのは、砂漠《さばく》マップだった。

(やっぱりここが一番好きだわ)

マップは、シタデルをつくるほどのゴールドがない一般《いっぱん》ユーザーが、ほかのユーザーといっしょに遊ぶためにつくったミニゲームのような空間だ。面白半分でつくっているので、テーマもルールもおおざっぱなところが多い。大手企業《おおてきぎょう》がつくったオンラインゲームにくらべれば、クオリティが低すぎる。しかし、イェジはこれまでたくさんの時間をマップですごしてきた。本当の楽しさはここでしか味わえなかった。

クロヒョウがさらに速度を上げる。動くサボテンと腕《うで》のついたブリキのモンスターがよたよたと歩いて追いかけてきたが、クロヒョウに追いつくことはできない。イェジは背中《せなか》のバブルガンでモンスターをねらいうつ。命中したモンスターは五色のシャボン玉につつまれ、パチンという音とともに消えていった。モンスターのかわりにゴールドが残った。

ゴールドをあつめれば、ほかのユーザーがつくったアイテムを買ったり、マップをつくるのに必要な土地を買ったりすることができる。コインがたくさんあればシタデルをつくることもできるが、それだけのコインをあつめようとすれば、何年もねないでゲームをやらなければならない。

イェジは、プログラミングでマップがつくれるほどの実力はないけれど、アイテムは自分でつくるのが好きだ。ゴールドやユーザーのランキングにはこだわっていない。新しくつくったペットが耳をぴんとさせたり、吠《ほ》えたりするのを見るだけで、イェジは胸《むね》がいっぱいになった。

砂漠《さばく》を走りつづけていたイェジが目を細める。遠くのほうでだれかが両手をあげてバタバタさせているのが見えた。

ぎゅっ。足元から振動《しんどう》が伝わってきた。クロヒョウがうっかり罠《わな》にひっかかってしまったようだ。足元にテキストウィンドウがあらわれた。

［注意！　砂地獄《すなじごく》が出現《しゅつげん》］

「そういうことか」

イエジが口元をゆるめて、笑みをうかべた。

クロヒョウの首元を軽くひっぱって、向きをかえる。イエジがよけた場所では、ほかにもユーザーのひとりが砂地獄《すなじごく》にはまって大声でさけんでいた。茶色い髪《かみ》の毛《け》、かっこいい顔、と派手《はで》な設定《せってい》なのに、身につけているアイテムはパッとしないものばかりだ。砂地獄《すなじごく》も見《み》ぬけないくらいだから、初心者なのだろう。

「助けて！　だれか、助けて！」

イエジはバブルガンをそっと取りだす。うたれてもダメージを受けないように設定《せってい》をかえ、男にその銃《じゅう》を向けた。

「ちょっとまって！　何してるの？　ぼくをうつ気？」

「静かにして。弾《たま》がそれちゃうかもしれないから」

「いやだあああ！」

男のさけび声とともに、イェジは引《ひ》き金《がね》をひいた。

大きなシャボン玉が男をつつみこむ。シャボン玉ははじけることなく、ふわっと宙《ちゅう》にうかびあがった。砂地獄《すなじごく》にはまってくるしんでいた男は、あたふたしながら地面を見下ろしている。砂地獄《すなじごく》からすこしはなれたところで、シャボン玉が不安定にゆれてから、すんだ音とともにはじけた。男が砂《すな》の上で尻《しり》もちをついた。

「あはは」

男は口に入った砂《すな》をはきだしながら、体じゅうの砂《すな》をはらいおとした。

「別の方法で助けることはできな

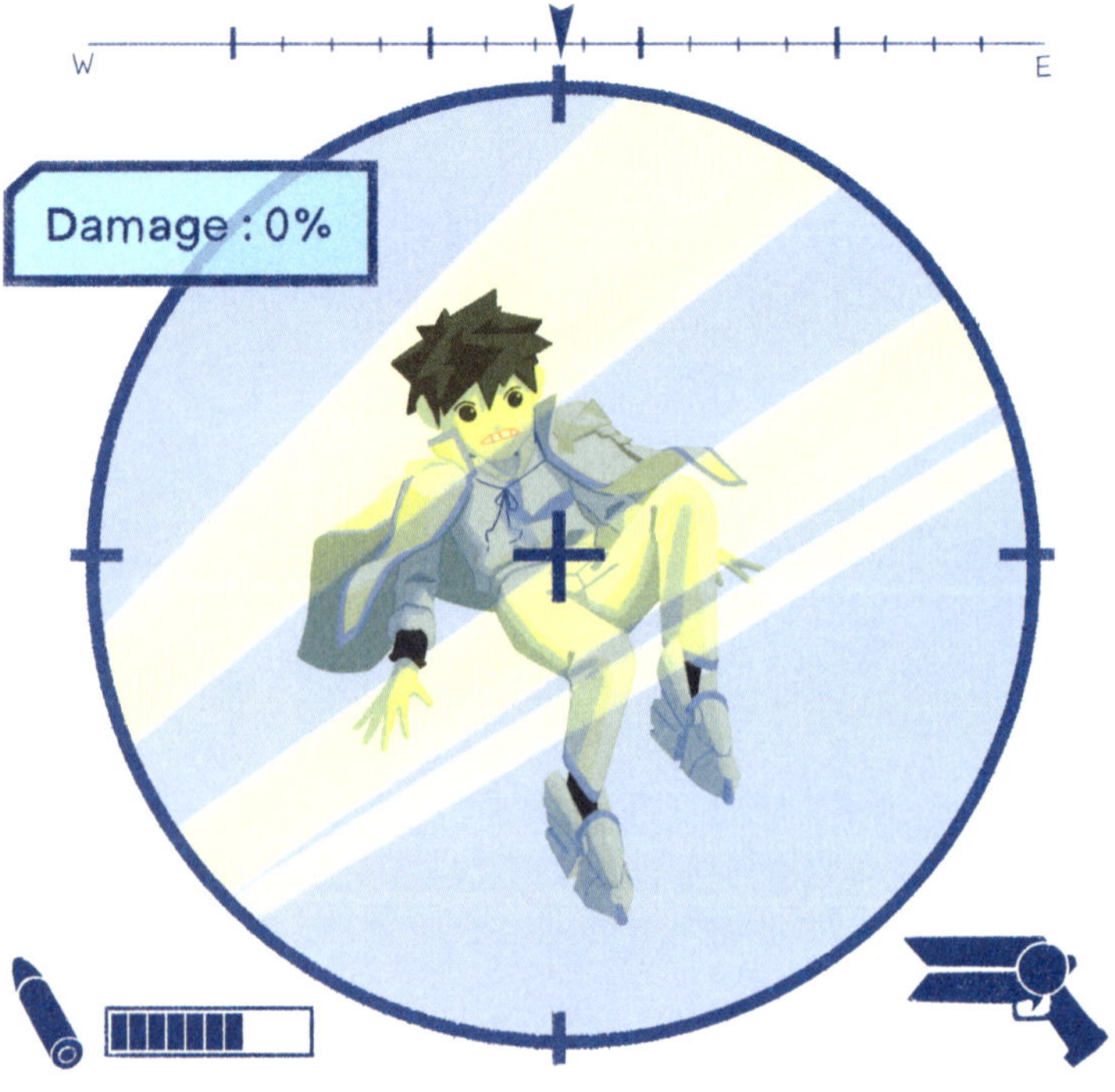

かった？　死ぬかと思ったよ」

「助けてあげたからいいでしょ？　名前は？」

イェジは男のアバターの上にあるユーザー名を目でなぞった。

「〈クロノス・ティア〉？」

「アニメは見てないの？『薔薇《ばら》の伝説』に出てくるキャラクターだけど」

「全然興味《きょうみ》ない」

「傑作《けっさく》だから、見てみて。アクション場面はちょっとぎこちないけど、作画はすごいんだから」

イェジの返事が聞こえなかったのか、クロノスは聞いてもいない話を続けた。バブルガンを背中《せなか》に装着《そうちゃく》しなおしてから、イェジはクロヒョウの首元をつかんで乗る準備《じゅんび》をはじめる。そのときだった。

（えっ？　何これ）

クロヒョウの様子がおかしい。さっきまでなめらかだった首の動きが一本の棒《ぼう》のようにぎこちない。

「あれ？　なんだろう。関節の設定《せってい》をまちがえたのかな」

イェジはクロヒョウの首を思いっきりひっぱってみた。すると、首の関節がジジジジと音を立てて、ひどくこわれてしまった。今度は首全体がチカチカと点滅《てんめつ》しはじめたと思ったら、そのパーツがバラバラに散らばった。その様子をぼうぜんとながめているイェジを、かわり果てた姿《すがた》のクロヒョウがきょとんとした顔で見つめている。

目をぱちぱちとさせながら「助けて」といっているようだ。イェジはあせった。まずはモンスターがうようよしているこのマップからはなれて、もっと安全なところでペットを確認《かくにん》したほうがいいだろう。

「……つまり、『薔薇《ばら》の伝説』は、歴史《れきし》に残る名作だよ。君には今日の借りもあるんだし、いっしょに……」

「ああ、楽しかった。それじゃあ」

「えっ？　もういっちゃうの？」

イェジはこわれる寸前《すんぜん》のクロヒョウに乗りこむ。自分をよぶ声が後ろから聞こえてきたが、気にすることなく前に走りつづける。

「プログラミングをまちがえたのかもしれない」

砂漠《さばく》マップのはずれ。モンスターが出没《しゅつぼつ》しない安全な場所に着くと、イェジはクロヒョウの頭をそっとおしこむ。すると、文字と数字が色とりどりにならんだプログラミングのコードが目の前にあらわれた。クロヒョウはここに書かれたコードどおりに動く。何かがまちがっているなら、原因《げんいん》はここにあるはずだ。しかし、学校でプログラミングを習っただけのイエジは、いくら目をとおしてもまちがいを見つけることができなかった。パイキキが公開している基本的《きほんてき》なコードだけならまだしも、書かれていることのすべてを読んで理解《りかい》するのは不可能《ふかのう》だった。

「ここかな？　それとも、ここ？」

まちがっていそうなところを見つけて、文字の順番を入れかえてみる。落ちついて結果をまってみたものの、クロヒョウの状態《じょうたい》はすこしも改善《かいぜん》されない。むしろさらにおかしくなり、脚《あし》の動きがまるで昆虫《こんちゅう》のようになってしまった。

イライラがつのった。胸《むね》がくるしい。一日じゅう考えてていねいにつくった作品がめちゃくちゃになってしまった。

コードをいじっていた手の動きが、あせりのせいでだんだん雑《ざっ》になっていく。イライラしたイエジは、横にある岩をガンと強くなぐりつけた。岩はチカチカしながらこわれてしまったが、そんなことは気にもならなかった。のどがつまっているようにくるしくなって、イエジは大きな声でさけんだ。

「何が問題なのよ！」

そのときだった。

「オ・イエジ！」

世界がひっくりかえった。地平線が頭の上にはねあがり、目の前が一瞬《いっしゅん》にして明るくなった。VR《ヴィアール》ヘルメットが外れたのだ。目がなれてきたころには、まわりの風景ががらりとかわっていた。高くそびえたピンク色の砂山《すなやま》は平凡《へいぼん》な壁紙《かべがみ》がはられた壁《かべ》に、金色にかがやく砂《すな》の大地はかたいフローリングに、空があったところは、腰《こし》にこぶしをあてる人影《ひとかげ》に……。その影《かげ》は、かなりいらだっているようだった。

「もう何時間やってるのよ？」

影《かげ》が背筋《せすじ》をぴんと立てた。天井のあかりのせいで影《かげ》が差しているママの顔が、すこしずつ見えてきた。

（しまった）

目に生気《せいき》がなく、高い位置で結んだ髪《かみ》はボサボサに乱《みだ》れている。ママは手をすこしふれるだけで粉々《こなごな》にくずれおちてしまいそうだった。ママの明るい笑顔を見たのは、いつが最後だったっけ。イェジは小さな声でいった。

「一時間しかやってない」

「またウソをつくつもり？　何時間やってるか、もう確認《かくにん》してるからね。家に帰ってからずっとゲームばかりしてたんでしょ？」

「ウソじゃないのに」

ママは大きなため息をついた。そのため息でイェジの胸《むね》に大きな穴《あな》があいてしまうようだった。

「とにかく、まずは荷物を準備《じゅんび》して。明日パパの家にいくの、わすれてないよね？」

「いかなきゃダメ？　電話するからさ」

「ママと約束したよね？」

(それは約束じゃなくて命令なんだもん)

のどまで出かかった言葉を、結局はのみこむことにした。これ以上ママにつらい思いをさせたくはない。ママがつかれているのは、半分以上自分のせいだと思うから。

イェジはリビングのほうへ視線《しせん》をうつした。壁《かべ》には家族写真がかかっている。パパとママ、そしてふたりのあいだに立っているあたし。まちがいなく家族なのに、見知らぬ人たちのような感じがしてしまう。当たり前か。ママはかわり果ててしまったし、あたしは大きくなってるし、パパはもう家族だといっていいかどうかよくわからない。

イェジは視線《しせん》を落とした。家族写真の下が妙《みょう》にすかすかに見える。そこにずっとあったものが、消えている。見《み》なれないママの顔より、その余白《よはく》がよけいにイェジを悲しませた。

「ママの話、聞いてる？」

音が消えていたイェジの世界に、とげとげしい騒音《そうおん》がとびこんできた。

「ごめん」

とっさに答えたが、ママは返事をまっていたわけではないようだった。ママがドアをしめてリビングに出ると、ヘルメットを抱《だ》きかかえたイェジはひとり、部屋に残された。

ママのいうことを聞くいい子でいたかった。しかし、パイキキに残されているクロヒョウのことを思うと、そうはできなかった。イェジのことをまっているクロヒョウの目をわすれることはできない。責任《せきにん》を感じた。最後までやりとげたかった。

イェジはつばをのんでヘルメットをかぶる。

(もうちょっとだけ。何か方法があるかもしれない)

夜がふけてもイェジの部屋からは細い光がもれつづけ、イェジの瞳《ひとみ》には、果てしなく続くコードの文字列がうつしだされていた。

2. かくされた世界

パパの髪《かみ》の毛《け》の右側がぺたんこになっている。チャイムが鳴ってからもしばらく返事がなかったし、きっとねていたにちがいない。パパはドアをあけながらあくびを我慢《がまん》できずに大きく口をひらいていた。

「ごめん。夜勤明《やきんあ》けでね……」

「大丈夫《だいじょうぶ》です」

イェジはできるだけ礼儀正《れいぎただ》しく返事をして、家の中に入った。背後《はいご》からドアのしまる音が聞こえる。思わずため息が出た。すでに居心地《いごこち》が悪くてしかたがない。

仕事がいそがしくて家に帰らない日が多かったパパは、結局ママと別れてしまった。それでもイェジは一か月に一度、パパとの時間をすごしている。裁判所《さいばんしょ》の命令らしい。しかし、小さいころに別れてしまったパパは、いまや家の行事《ぎょうじ》があるときにしか会わない遠い親戚《しんせき》のようだ。ママだったら憎《にく》たらしいと思うことはあっても、いっしょにいていやな気持ちになることはないのに、パパといるとサイズの合わない服を着ているみたいにきゅうくつになる。

（VR《ヴィアール》ヘルメットを持ってくればよかった。ママにバレなければよかったのに……）

結局、昨日直せなかったクロヒョウがずっと気がかりだ。夜中にふたたび部屋に入ってきたママに怒《おこ》られ、こわれているクロヒョウを放ったまま急いでベッドに入らなければならなかった。朝起きてすぐパパの家にきたため、クロヒョウはいまもまだほったらかし状《じょう》態《たい》だ。

イェジは頭を重々《おもおも》しく持ちあげる。パパの住む家は、ママとイェジの家よりずっとせまい。イェジはパパが用意してくれた、押入《おしい》れサイズの小さなゲストルームに入る。ベッドには服があちこちに散らかっている。

「ごめん、かたづけがまだだったね」

パパがかけつけてきて、あたふたしながら服を抱《だ》きかかえた。もりだくさんの洗濯物《せんたくもの》から、つかみきれなかったくつ下が二、三足くずれおちた。パパを助けようとしてイェジが腰《こし》をかがめると、パパはハッとして大きな声でいった。

「そのままでいいよ！　イェジは先に自分の荷物を下ろして。パジュ市からくるのも大変《たいへん》だったろうし」

それほど大変《たいへん》ではなかったが、イェジはいわれたとおりにした。やらなくてもいいといわれたことをやると、よけいに居心地《いごこち》が悪くなる。

着がえとタブレットの入ったリュックを下ろすと、肩《かた》が楽になった。イェジはベッドに腰《こし》かけて、リュックからタブレットをさっと取りだす。絵を描《か》きたい気分ではないけれど、何もしないでぼんやりとすわっているよりは、絵でもいじっていたほうが落ち着く。

「昼は食べた？　もし食べてないなら、何が食べたい？」

　パパがドアからぬっと顔を出していった。

「なんでもいいです」

「近くにチキンの店ができたんだけど、結構《けっこう》おいしいんだよね。イエジって幼稚園《ようちえん》のころからチキンが好きだろ？　チキンを食べる日は、コケコッコー、コケコッコーっておどってたし」

「そうだっけ？」

「おぼえてない？　写真でもとっとけばよかったなあ」

　なんと返事すればいいかわからなくて、イエジはぎこちない笑みをうかべる。パパから親しげに話しかけられ、ますます心が落ちつかなくなった。パパは自分がやさしくした分だけ、娘《むすめ》も気さくで愛想よくふるまってほしいと思っているかもしれない。しかし、イエジはどうしてもそんな娘《むすめ》を演《えん》じることができなかった。だからといって、パパの質問《しつもん》にな

んでもかんでも正直に答えるわけにもいかない。怒《おこ》りんぼで、意地悪な子に見えてしまうだろうから。

「勉強はうまくいってる？」

（先生に問題があるっていわれたんですけど）

「友だちとはどう？　だれだっけ、こないだビデオ通話をやってたあの子とはどう？」

（それは去年の話でしょ？　転校してから連絡《れんらく》がとだえました）

「おばあちゃんは元気？」

（入院中です。ママから聞いてませんか？）

「あ、そうだ！　美術《びじゅつ》教室はどう？　楽しい？　去年……」

「パパ」

イェジは話をさえぎって、タブレットから目をはなさずにいった。一か月ぶりに会うパパに大声を出したくない。声がふるえるのをぐっとこらえて、話を続けた。

「チキン、まだですよね」

「うん？　ああ、そうだな。そうだ、あの店、出《で》前《まえ》がたのめないんだった。急いで買ってくるからまってて」

ほどなくして玄関《げんかん》のしまる音がした。イェジは

またため息をついた。ついため息をついてしまうのも、ママ似《に》だからだろうか。

タブレットをお腹《なか》にのせたまま、ベッドに横になった。パパが急ぎ足で出ていったのは、本当に出前《でまえ》がたのめない店だからかもしれないし、パパもこの気まずさにたえきれなかったからかもしれない。たぶんパパも同じ気持ちなのだろう。やさしいパパを演《えん》じたいのに、どうすればいいかがわからなくて的外れなことを言ってしまうのだろう。いや、それでも聞きたくないことは聞きたくない。

(美術《びじゅつ》教室はどう、って?)

イエジは静かに目をつぶった。

(パパだったら、楽しくかよえてると思う? あんなことがあったというのに?)

ぎゅっとしめつけておいた心の包帯がゆるんできた。心の包帯とは、イエジが想像《そうぞう》でつくったゲーム用のアイテムだ。針《はり》であちこちを刺《さ》されているように胸《むね》が痛《いた》くなると、心の包帯をそっと取りだす。心臓《しんぞう》に針《はり》の先がふれないように、心の包帯をしっかりまきつけている様子を頭にうかべると、痛《いた》みがすこしやわらぐ気がした。しかし、心の包帯をまいてもきかないときがある。

現実《げんじつ》世界はそんな場所だ。アイテムひとつ、思うように使うことができない。

イエジはタブレットを放りなげて、ベッドから起きあがった。足でも思いっきり動かしたくてリビングに出ると、キッチンで充電器《じゅうでんき》につながれているVR《ヴィアール》ヘルメットが目に入った。パパのものだ。

(勝手に使ったら怒《おこ》られるかな。三十分だけ使って、すぐにもどしておけば気づかれないかもしれない。あたしのせいじゃないよ。だって気まずすぎてしょうがないんだもん。あたしがここにきたいといったわけでもないんだし)

イエジはヘルメットをさっと手に取り、すぐ頭にかぶった。読みこみ画面があらわれると、後ろめたさはたちまち消え去った。

まず、パイキキのソフトをダウンロードする。インストールが終わると、まようことなくログインした。紫色《むらさきいろ》の空、綿《わた》あめのようなふわふわの霧《きり》につつまれた大地が、イエジをむかえてくれる。イエジをじゃまする者はだれもいなかった。

イエジが目をあけると、昨日ログアウトした砂漠《さばく》マップのど真ん中に立っていた。息をすいこみ、アイテムボックスからクロヒョウを取りだす。

「またせてごめんね」

クロヒョウがうなずいた。設定《せってい》どおりの動きだったけれど、返事をしてもらえた気がする。イエジは小さな笑みをうかべながら、すぐにコーディングウィンドウをひらいた。昨日たしかめようとしたところに目をとおしはじめた、そのときだった。

あたりが影《かげ》につつまれ、空気が冷たくなった。果てしなく続く地平線の向こうで何かがゆらめいている。空までとどいている巨大《きょだい》な柱のようなものが、イェジとクロヒョウに近づいてきた。

砂嵐《すなあらし》だ。

イェジはペットの中で一番足が速いハリケーン・ユニコーンを取りだした。しかし、いくら走っても嵐《あらし》からにげることはできない。むしろだんだん近づいている気がする。ユニコーンはあっという間に砂嵐《すなあらし》にまきこまれ、前に進めずむだな足ぶみをくりかえす。ついにイェジのアバターも宙《ちゅう》にうきあがった。アバターの周囲《しゅうい》に砂《すな》がぐるぐるうずをまき、画面もはげしくゆれている。イェジは目をぎゅっとつぶった。

ふたたび目をあけたとき、イェジのアバターは広い砂《すな》の丘《おか》の上にたおれていた。体を起こすと、身につけた防具《ぼうぐ》から砂《すな》がパラパラと落ちていく。アイテムウィンドウをたしかめたイェジは、目をうたがってしまった。

(ない、消えちゃってる!)

クロヒョウが見当たらない。にげる前にアイテムボックスにしまうのをわすれたようだ。

胸《むね》がズキズキと痛《いた》んだ。ときどきマップに出したアイテムがすてたものだと認識《にんしき》され、ゲームから削除《さくじょ》されることがある。今回もそういうバグが起きたのだろう。今日こそ直してあげようと思ったのに、消えてしまうなんて。両こぶしで砂《すな》をたたいたときだった。

聞きなれた声が耳にとどいてきた。ガオ、というクロヒョウの鳴き声。

イェジは音が聞こえた方向へ夢中《むちゅう》になってかけだした。静かな砂丘《さきゅう》の上に黒い姿《すがた》が見えた。クロヒョウにちがいない。思わず口がひらいた。イェジはクロヒョウに近づこうとして、足を止めた。何かがある。

真っ先に目に入ったのはたくさんの蝶《ちょう》だった。レンギョウの花に似《に》た黄色い蝶《ちょう》たち。羽をひらひらと動かして、クロヒョウとその隣《となり》にいるだれかを霧《きり》のようにおおっている。

蝶《ちょう》の羽のあいだから、丸い物体がうっすらと見えた。ヘルメットだ。大きなヘルメットをかぶった三頭身の少年が、舞《ま》っている蝶《ちょう》のあいだに立っている。ヘルメットには黒いガラスがはめられていて、顔は見えなかった。小さくてかわいい体は、基本設定《きほんせってい》のままの、白いシャツに青ジーンズの姿《すがた》だった。幼稚園児《ようちえんじ》が宇宙飛行士《うちゅうひこうし》のコスプレをしているみたい。

少年がクロヒョウをなでた。手がふれるたびに、エラーのせいでクロヒョウのあちこちが乱《みだ》れる。しかし、少年はすこしも気にしていない様子だった。

イェジは勇気を出して近づいてみることにした。

「それ、あたしのペットなんだけど」

少年がふしぎそうな目でイェジを見あげた。イェジは目を細めて相手を観察する。

他の人に見えないようにしているのか、頭の上にあるはずのユーザー名がない。もしかしてNPC《エヌピーシー》？　しかし、決められた動きしかできないNPC《エヌピーシー》がペットをさわるなんて、見たことがない。

　イエジはさらに小さな声でたずねる。

「あなた、だれ？」

　ついてきて、といわんばかりに少年が首を横にかたむけた。その姿《すがた》が、イエジには好奇心《こうきしん》に満ちた子どものように見える。イエジはごくりとつばをのみこみ、うなずいた。

　少年がくるりと背中《せなか》を見せて、てくてくと歩きだし、イエジはその後ろを追いかけた。

「ちょっとまって！　どこにいくの？」

　ゴゴゴゴゴゴゴ。

　突然《とつぜん》、あちこちから振動《しんどう》が伝わってきた。イエジが地面に目を落とすと、足元にクモの巣のようなひび割《わ》れができている。こわれた液晶画面《えきしょうがめん》のように、

周囲《しゅうい》がぐちゃぐちゃに割《わ》れた。

「な、なに？　なにが起きてるの？」

おそるおそるあとずさりした。足をふみだすたびに、ひびはさらに深くなる。そのうちイエジの背中《せなか》が砂漠《さばく》にそびえる岩にぶつかった。もう逃《に》げ場《ば》はない。

あたり一面がうねり出した。

地面がくずれおちる。

「きゃあ！」

こんなことは経験《けいけん》したことがない。頭の中が混乱《こんらん》して、衝撃《しょうげき》をやわらげてくれるアイテムを取りだすことすらできなかった。

イエジのアバターがなすすべなく地下深くへと落ちていく。

（これって罠《わな》？）

つぶった目をそっとあけると、アバターはいつの間にか地面に着地していた。高いところから無防備《むぼうび》に落ちてきたのに、ダメージひとつ受けていない。アイテムも消えていない。お尻《しり》についた砂《すな》をはらいおとして、あたりを見まわしてみる。足元に目を向けると、イエジはぎょっとした。すぐ先が崖《がけ》になっていたのだ。深さが計り知れない断崖《だんがい》と、崖《がけ》にそってふりそそぐ滝《たき》の水が、地の底に広がっている。あとずさりしながら、イエジはつぶやいた。

「もしかしてかくしマップ？」

ボーナスアイテムをあつめられるかくしマップだろうか。別のユーザーが遊びでつくったマップなのかもしれない。だれでも自由に遊べる砂漠《さばく》では、こんなものがあってもふしぎではない。

それなら、緊張《きんちょう》をゆるめないほうがいい。かくしマップには、ふつうのユーザーではたおせそうにない、レベルの高いモンスターが出ることもあるからだ。

背筋《せすじ》がぞっとしたそのとき、後ろから何かの気配が感じられた。イェジは急いでバブルガンを取りだし、両手でぎゅっとにぎりしめる。後ろをふりむいて、銃口《じゅうこう》を向けたときだった。

「すばらしい」

相手はいった。イェジが銃口《じゅうこう》を向けたことなど気にしていない。

「さっきのクロヒョウは、君ひとりでつくったのかな？　あれほど念入りにコーディングされたものは、見たことがない。君には才能《さいのう》があるな」

突然《とつぜん》ほめられて、イェジは思わず照れてしまった。しかし、緊張《きんちょう》をゆるめるわけにはいかない。銃口《じゅうこう》を向けたまま、相手にたずねた。

「ここはどこ？　それに、あなたはだれ？」

ヘルメットの黒いガラスにイェジの姿《すがた》がうつった。

「おれはヘルメットボーイだ」

なんの役にも立たない情報《じょうほう》だ。混乱《こんらん》しているイェジをよそに、ヘルメットボーイはくるりと背《せ》を向けた。

「ついてきて。君に話したいことがある」

ヘルメットボーイが前へと歩きだした。イェジはかまえていたバブルガンをゆっくり下ろして、おそるおそるあとをついていった。

ヘルメットボーイが向かった先は、絶壁《ぜっぺき》の上にある小屋だった。中はものがすくなく、きれいに整っている。部屋の真ん中には薪《まき》がもえあがっており、その上には鍋《なべ》がつるされていた。家具は木や布《ぬの》でできた質素《しっそ》なものばかりだ。

「お茶はどう？」

ヘルメットボーイが聞いた。イェジはだまって首を横にふる。ヘルメットボーイが肩《かた》をすくめ、鍋《なべ》の中にマグカップを入れた。すると、マグカップいっぱいに赤いお茶が入った。片手《かたて》にマグカップを持ったまま、ヘルメットボーイが椅子《いす》に腰《こし》をかける。少年はお茶を飲むときもヘルメットを取らなかった。お茶はヘルメットを伝って落ち、服をぬらしていった。

「ねえ、用事がないならもう帰っていいよね」

イェジが立ちあがろうとしたそのとき、ヘルメットボーイがなんの前ぶれもなく口をひらいた。

「おれは事業家だ」

「事業家?」

「まあ、呼《よ》び方はいろいろある。アーティストともいえるだろう。君がパイキキをはじめたのはいつだ?」

「三年前くらいだけど」

「おれは二十年前だ」

部屋の真ん中にある焚火《たきび》のせいか、ヘルメットの黒いガラスが妙《みょう》に光っている。イェジはおどろいた。二十年って? それが本当なら、パイキキが有名になる前からやっているということになる。年齢《ねんれい》も倍以上なのだろう。

インターネットで知らない大人と話してはいけない、という話は、耳にタコができるほど聞いた。しかし、パイキキでは相手の年齢《ねんれい》を知らないまま仲良くなることも多かったし、現実《げんじつ》世界で実際《じっさい》に会ってさえいなければ問題ないような気がする。それでもイェジは、自分が小学生だとはいわないことにした。なめられたくはない。

「それで?」

「いや、なんでもない。ただ、それくらいこのゲームにくわしいという話がしたかっただけ。おれは初期のパイキキから見守ってきた。ここは本当にすばらしい世界なんだ。なん

というか……外の世界は、がっかりすることばかりだろ。だが、ここはちがう」

「ここだってなんでも思いどおりになるわけじゃないでしょ」

イェジはもえる薪《まき》を静かに見つめた。いくらがんばっても直すことができなかったクロヒョウを思いうかべながら。

しばらくだまっていたヘルメットボーイがマグカップをテーブルの上に置いた。丸い頭が、イェジを向く。

「君のクロヒョウを見せてくれないか？」

イェジは頭をかきながらもじもじした。

「直せないよ。最初からやりなおしたほうがいいと思う」

「おれを信じて」

「えっ、プログラミングできるの？」

「できるなんてレベルじゃない」

イェジは目をぱちぱちさせながらヘルメットボーイと向かい合った。黒くて厚《あつ》いガラスの表面がピカッと光った。その向こうにある目も、きらきらと光っていそうな気がした。

イェジはアイテムボックスにもどしておいたクロヒョウをふたたび取りだした。首のところはこわれたままで、脚《あし》の関節はとけてしまったかのようにふしぎな動きをしている。落ちこむくらいおかしい。しかし、ヘルメットボーイはそう思っていないようだった。

「細かいところまでていねいにつくりこまれている」

クロヒョウに近づきながら、ヘルメットボーイがつぶやいた。

「君はこの子がずいぶん好きなんだな」

ヘルメットボーイの手が、クロヒョウをなでたときだった。

おどろくことが起きた。こわれていたクロヒョウの首が、ブルブルとふるえながらひとつにまとまりはじめたのだ。ずれていたキューブパズルが、ひとつずつ正しい場所にもどっていくみたいに。やがて、クロヒョウは以前の優雅《ゆうが》な姿《すがた》を取りもどした。それだけではない。

「どういうこと？」

ヘルメットボーイの手にふれたところが、ツヤを帯びはじめた。クロヒョウが鼻をひくひくさせるとひげがゆれ、ガラス玉のようだった瞳《ひとみ》は生き生きとかがやき、体はいまにもかけだしそうだ。

ヘルメットボーイが手をはなしたとき、イェジの前にいたのは、ペット以上の存在《そんざい》だった。サバンナでばったり出会った本物の動物のように、生き生きとしたクロヒョウがイェジをまっていた。

「君へのプレゼントだ」

「本当に？」

イェジがクロヒョウにかけよって力いっぱいに首を抱《だ》きよせると、クロヒョウはイェジの頰《ほお》に額《ひたい》をこすりつけた。ゴロゴロとのどを鳴らして、うれしそうにイェジをむかえている。

しばらくして、イェジはようやくクロヒョウから体をはなした。ヘルメットボーイは、だまってイェジをまっていてくれた。

「何をどうしたわけ？」

「たいしたことはしていないさ」

ヘルメットボーイが近よって、クロヒョウの背中《せなか》をとんとんとたたいた。

「このゲームを長くやっていると、これくらいのノウハウは身につくもんだから。どんなことができるか、その先の可能性《かのうせい》が見えてくる」

「生きてるみたい」

「ああ、そいつは本当に生きている」

ヘルメットボーイがイェジのほうに首をかたむけた。

「情熱《じょうねつ》を持ってつくったものには、生命《いのち》がやどるものだ」

イェジの目が丸くなった。いまのヘルメットボーイの言葉は、なぜかすこし悲しく聞こえた。

「……話があるといってたよね」

「そうだな」

「いってみて」

ヘルメットボーイが顔を落とした。

「君はパイキキに残っている、数すくないロマンチストだ」

「ロマンチスト？」

「ああ、純粋《じゅんすい》に何かを生みだしたいと思っている人はもうほとんどいない。みんな企業《きぎょう》のお金でつくられた派手《はで》なアイテムを手に入れようとしているだけさ。クリエイティブな人がどんどん減《へ》っている。このままじゃあ、欲張《よくば》りで真似《まね》っこばかりのユーザーがあふれてしまうだろう」

「……」

「おれにはわかる。君には君だけの何かがある。この世にはきだしたい情熱《じょうねつ》が」

「ただの遊びだもん」

「ちがう。君は〈冒険家《ぼうけんか》〉だ」

〈冒険家《ぼうけんか》〉は、パイキキのユーザーをよぶ別の名前だった。このゲームをつくったプログラマーが決めたルールのひとつだという。ただのルール上の話だけれど、ヘルメットボーイの確信《かくしん》に満ちた言葉に、イェジは心を動かされた。

「だから、君にたのみたい」

ヘルメットボーイが頭を上げた。ふしぎな光景だ。地下世界で太陽が見えるなんて。絶《ぜっ》壁《ぺき》の向こうへしずむ夕日が見えた。ヘルメットの丸い縁《ふち》が、赤い夕日にそまっている。

「おれといっしょにシタデルをつくらないか」

(そんなのムチャだよ)

あいた口がふさがらなかった。シタデルはつくりたいからといってだれでもつくれるものではない。一般《いっぱん》ユーザーの中でシタデルを運営《うんえい》しているユーザーは、いないといってもいいほどだろう。

まず、シタデルをつくるためにはたくさんのゴールドが必要だ。パイキキ内の土地を買わなければならないのだが、その土地が一般《いっぱん》ユーザーでは手が出ないくらい高かった。利用者が多いところほど高い。それに、土地があったとしても、シタデルをつくる作業は、簡単《かんたん》なものではなかった。シタデルに置く建物、NPC《エヌピーシー》、アイテムとミニゲームをつくるためには、プログラミング作業を果てしなく続けなければならない。たくさん必要になる素材《そざい》は、自分の手でつくるか、パイキキのマーケットで売っているものを買うしかない。ゴールドと労働力、そのどちらかは必ず持っていなくてはならないのだ。

それでほとんどのシタデルは、超人気《ちょうにんき》のスーパーユーザーや開発者をやとえる会社が運《うん》営《えい》している。ときどき一般《いっぱん》ユーザー同士《どうし》が力を合わせてシタデルをつくることもなくはないが、お金と人手《ひとで》がいっぱい投入された華々《はなばな》しい別のシタデルに太刀打《たちう》ちできず、結局は人気《にんき》のないものになってしまう。

これは賭《か》けだ。ヘルメットボーイのさそいは、イェジには賭《か》けにしか聞こえなかった。こわくなった。イェジはその不安な気持ちを、強気の笑顔でかくしてみる。

「あなたって詐欺師《さぎし》？　それともちょっとポジティブすぎる人？」

「なぜそう思う？」

「ゴールドはどうするつもりなの？」

「それならすてるほどあるさ。いますぐ見せることもできる。やってた事業を高値《たかね》で売りはらったんだ」

「プログラミングができる人は、ほかにもいるでしょ？　あたしより絵がうまい人も多いし」

「おれは君が気に入った」

「時間がかかると思うよ。すごく大変《たいへん》だろうし」

「あのクロヒョウをつくったとき――」

まるでイェジの心の中を見ぬいているかのように、ヘルメットボーイがイェジの顔の前に自分の顔を近づける。ヘルメットボーイがイェジの額《ひたい》にふれた。黒いガラスの向こうにある顔は、今度も見えなかった。

「――どんな気分だった？」

何もいうことができず、ただ口があいてしまった。イェジはとっさにクロヒョウを描《か》いていたときの気持ちを思い出した。

「……うれしかった」

「どうして？」

「理由はない。ただうれしかった」

「くわしく聞かせてくれ」

「あたしは……」

イェジはまぶたをそっととじた。わすれたことのない声が聞こえてきた。

（あんたがかわいそうだから）

「……あたしがつくったものだから」

ヘルメットボーイがイェジの肩《かた》にのせていた手を下ろした。

「それだ」

何がなんだかよくわからない。しかめ面で顔を上げたとき、ヘルメットボーイがのろのろとした動きで後ろに下がった。

「時間をあげよう」

ヘルメットボーイがいった。

「じっくり考えてから返事をしてくれ」

足元がゆれはじめ、イェジはあたりを見わたした。地面がひび割《わ》れ、その隙間《すきま》から大きな光の柱が立ちのぼった。目がしみるくらいまぶしい光に体がつつまれる。イェジは悲鳴を上げた。重力がなくなってしまったかのように、体が宙《ちゅう》にういた。


VR《ヴイアール》ヘルメットをはずすと、パパが両手で自分の顔をおおっていた。いつ帰ってきたのだろう。あわてて周囲《しゅうい》を見まわすと、窓《まど》の外がすっかり暗くなっている。きっと三時間は経《た》っているはずだ。

やっちゃった。こっそりVR《ヴイアール》ヘルメットを使った上に、こんなに長い時間ゲームをしてしまうだなんて。こっぴどく怒《おこ》られるかもしれない。ヘルメットを手に持ったままだまっていると、パパは静かに顔を上げ、かすかな笑みをうかべた。その笑顔からつかれがにじみ出ている。ママとパパは似《に》ているところがひとつもないのに、いつもつかれているのは同じだ。

「おかえり」

イェジが遠い国からもどってきたかのように、パパが話しはじめた。

「よんでも返事がないから、そうとう集中してると思って」

「ごめんなさい。勝手に使っちゃって……」

「いいんだ、どうせパパはあまり使ってないんだし」

パパがチキンの油がしみこんだ箱を持って立ちあがった。

「冷めたから温めてくる。ちょっとまってて」

どうしてか、ヘルメットボーイの言葉が脳裏《のうり》をかすめた。

外の世界は、がっかりすることばかりだろ。

「これ、本当に使ってもいいんですか?」

パパがふりむいた。いまにも泣きそうな顔だ。

「……ああ」

「それじゃあ、部屋に持っていきますね」

「チキンは?」

「あんまりお腹《なか》が空《す》いてなくて」

パパの顔がひきつった。無理に笑顔をつくろうとしているみたいに。

ドアをしめて、イェジはベッドの上で膝《ひざ》に顔をうずめて体を丸めた。息をはくたびに、胸《むね》に痛《いた》みが走った。あたしってなんでこんなに意地悪なんだろう。パパは何も悪くな

いのに。

おしよせてくる後ろめたさを感じつつも、我慢《がまん》することができなかった。イェジはいつの間にか丸いVR《ヴィアール》ヘルメットを抱《だ》きかかえていた。イェジの両目は、新しい世界を見たいという期待に満ちている。

「シタデルをいっしょにつくりたい！」

砂漠《さばく》のど真ん中に立って、イェジは大声でさけんだ。まわりにはだれもいなかったが、こうすればあいつに聞こえるだろうという確信《かくしん》があった。案《あん》の定《じょう》、後ろから声が聞こえてきた。

「まってたよ」

ヘルメットにかくれた顔がわらっているだろうと、イェジは想像《そうぞう》した。

3. 森に雨がふった日

シタデルのコンセプトが決まった。イェジはすぐにヘルメットボーイとのシタデルの設《せっ》計《けい》にとりかかる。作業には予想より早くなれた。一日じゅう好きなだけアイテムをつくることができるなんて、最高すぎる。学校にいるあいだも退屈《たいくつ》などしなかった。ひまさえあれば、タブレットをひらき、今度は何をつくればいいか考えをめぐらせた。

「おれの目は正しかったな。君は天才だ」

イェジがスケッチをわたすと、ヘルメットボーイが満足そうにうなずいた。イェジは顔を赤らめた。本当の天才はヘルメットボーイだと思うから。彼《かれ》の手がくわわれば、どんなに小さなものでも、そのにおいまで感じられるほどリアルになる。エイは胸《むね》びれを羽ばたかせるようにして泳ぎだし、サンゴの触手《しょくしゅ》はひとつひとつ波のリズムに合わせておどっている。ヘルメットボーイの実力は、まるで魔法《まほう》のような腕前《うでまえ》だ。イェジは魔法《まほう》使いの仲間になったような気がした。

(ちょっとだけ休もうかな)

途中《とちゅう》まで描《か》いたクラゲのモンスターを手からはなして、イェジはそのまますわりこんだ。

地下世界にあるヘルメットボーイの小屋は、いまやふたりの作業場というべき空間になっている。つくりかけのアイテムがあちこちに散らかっており、それを見るたびに、クスッとわらってしまう。昨日完成したばかりの熱帯魚をなんとなく手に取って大切そうにさわっていると、後ろからヘルメットボーイがあらわれた。

「ペットのエイのことで話がある」

ヘルメットボーイはイェジが描《か》いたエイの設計図《せっけいず》をテーブルの上に広げた。しっぽの動き方とペットの使い方についての話だった。ヘルメットボーイのアイデアは、考えたこともないようなものばかりで、イェジはあっという間に彼《かれ》の話にひきこまれた。ときどき、自分の意見もつけくわえた。エイのしっぽに毒針《どくばり》を描《か》きたし、ふと目を横に向けた。ヘルメットボーイが別のアイテムを確認《かくにん》している。細かいところに息をふきかけるように、心をこめて。思わず笑みがこぼれた。

それ以来イェジは、つかれをわすれて作業に集中した。ヘルメットボーイも負けてはいなかった。いつもパイキキに接続《せつぞく》し、何かをつくっている。イェジは彼《かれ》の情熱《じょうねつ》がうらやましく思えた。彼《かれ》をみならって、自分もさらにがんばろうと思った。

もちろん問題がないわけではなかった。

「来週は中間テストですね、みなさん」

先生が黒板をたたいた。イエジの頭の中でサイレンが鳴りひびく。中間テストか。勉強は全然できていなかった。成績《せいせき》がガクンと落ちているとわかれば、今度こそママは、VR《ヴィアール》ヘルメットを取りあげてしまうかもしれない。


「しばらくはパイキキにこられないと思う」

もじもじしながらそう伝えると、ヘルメットボーイは、いじっていたタツノオトシゴから目をはなさずにたずねた。

「テストがあるから？」

イエジはびっくりするあまり、なんでそれがわかるのか聞きかえすこともできなかった。

ヘルメットボーイが膝《ひざ》のほこりをはらいおとしながら立ちあがった。

「ひとつ聞くが、わざわざ勉強をする必要は、あるか？」

「え？」

「必要な情報《じょうほう》はネットからいつでも手に入れることができる。なのに、どうして大事な時間をむだにしなければならないんだ？」

「でも……。大学にいかなきゃ、未来もないし」

「未来ね……」

ヘルメットボーイが宙《ちゅう》を見つめた。しばらくそのまま止まっていたので、フリーズでもしたのだろうかと思ったときだった。

「こうしてはどうだ。君に給料をわたそう」

「給料？」

給料って大人がもらうものでしょ？　ネット上の友だちからそんなことをいわれて、ふしぎな気分になった。しかし、ヘルメットボーイがメニュー画面をひらいて何やら操作《そうさ》すると、イェジにゴールドが送られてきた。それは、口がポカンとあくほどの大金だった。

「君とつくったアイテムを売ってできたお金だ。おれには必要ないから、全部わたすよ」

「ありがとう。でも……これってどうせゲームでしか使えないお金だし」

「ゴールドは、本当のお金にかえることができる。おれが教えるとおりにやってみな」

ヘルメットボーイに教えてもらったサイトに入って口座《こうざ》番号を入力し、両替《りょうがえ》ボタンをおした。詐欺《さぎ》かもしれないとうたがう気持ちもあった。そもそも口座《こうざ》の中が空《から》っぽじゃなかったら、試してみる気にもならなかっただろう。しかし、今月のお小遣《こづか》いを使いはたしたあとだ。それにお年玉のような大金は、ママにあずけている。

次の日、だまされたと思って、口座《こうざ》の残高を確認《かくにん》した。マルが多すぎて、後ろからひとつずつ、ゆっくりと数えなければならなかった。一、十、百、千、万、十万……。最後のマルまで数えたとき、髪《かみ》の毛《け》がぴんと立った。多い。一か月分のお小遣《こづか》いよりも、何十倍、何百倍、何千倍も多い。

それから、イェジはテストの話を口に出さなくなった。中間テストのことが頭からすっかりぬけてしまったかのように。


ヘルメットボーイとシタデルづくりをはじめてから二か月半。だいぶ街ができあがってきた。ついにシタデルを公開する準備《じゅんび》ができた。

イェジは信じられないような気持ちで、完成されたシタデルをながめる。イェジがつくったのは、「熱帯の海にしずんだジャングル都市」だ。建物にはヤシの木が生えていて、鳥のかわりに、タツノオトシゴやエイのような海の生き物がとびまわっている。空は日差しに照らされ、波がうねっていた。

「いよいよ明日がオープンだ」

「すごく緊張《きんちょう》する。よろこばれるかな」

「もちろんさ」

ヘルメットボーイがイェジの手をそっとにぎった。

「みんなが君の情熱《じょうねつ》をわかってくれるだろう」

シタデルの公開日、イェジは授業《じゅぎょう》に集中することができなかった。人気《にんき》が出なかったらどうしようという心配が、イェジにのしかかったのだ。家に帰ると、イェジはリュックも下ろさずにパイキキに接続《せつぞく》した。

「え？」

イェジの眉間《みけん》にしわがよった。いつもならパイキキが一番にぎわう時間なのに、道ががらんとしている。どこかで大きなイベントでもやってるのかな？　やだ、公開日なのにユーザーから完全にスルーされたってことか。お腹《なか》がちくちくした。がっかりしてヘルメットボーイのところをたずねようとしたときだった。

「あんたなのね！」

シタデルの入り口で、見たことのないユーザーからいきなり声をかけられ、イェジはぎょっとして目をぱちぱちとさせた。

「あたしを、知ってるの？」

「あんたがこのシタデルをデザインしたって聞いたわ！　すごいね、本当にすばらしい！」

「……ありがとう。中もまわってみた？　あなたが最初のお客さんなんだろうね」

「まさか。シタデルの中はもういっぱいだよ。びっくりしたわ。一般《いっぱん》ユーザーでこんな立《りっ》派《ぱ》なものがつくれるなんて」

「ちょ、ちょっとまって。なんの話？」

ようやくシタデルの中の風景が、イェジの目に入った。クッションのようにやわらかな木に、体をぶつけて遊んでいる人たち、空をとぶペットなどのアイテムをつかまえようととびはねている人たち、ヤドカリの形をした楽器をかなでながら楽しんでいる人たち……。シタデルは満員だった。そしてみんながよろこんでいる。

大成功だ。

雲が立ちこめ、ジャングルに雨がふるというアナウンスがながれる。予定どおりのイベントだ。土砂降《どしゃぶ》りのかわりにやってきたのは、胸《むね》がすくような波の音だった。空が夕焼けで赤くそまり、地面には水の影《かげ》がうつしだされ、波打っている。熱帯雨林が夕暮《ゆうぐ》れの海の中にしずんだかのような美しい光景。

「君のアイデアだったよな、この雨は」

ヘルメットボーイがいつの間にかイェジの前に立っている。

「これが君を選んだ理由さ。こんなに美しいものをつくれるんだから」

「あなたのおかげだよ」

イェジの言葉に、ヘルメットボーイはゆっくりと首をふった。

「それはこっちのセリフだ」

みんなは海中の雨をたっぷりと浴《あ》び、イェジは目をつぶってその瞬間《しゅんかん》にひたった。

(人生最高の瞬間《しゅんかん》だ)

それからしばらくは、本気で自分の考えがまちがっていないと思っていた。落《お》とし穴《あな》がまっているとも知らずに。

4・偶然《ぐうぜん》の再会《さいかい》

イェジたちのシタデルが、パイキキの人気《にんき》ランキングで五位に入った。それからしばらくして、イェジはすっきりしない事実をひとつ知る。シタデルが人気《にんき》になるのは、ゴールではなく、新たなスタートだったのだ。じりじりと続く毎日のはじまり。

「コラボのいい話が入った」

小屋に入ってきたヘルメットボーイが、うかれた声でいった。

ブラシで地面にアイテムを描《か》いていたイェジは、不安な表情《ひょうじょう》をかくせなかった。

「コラボって？」

「あの『影《かげ》の鬼《おに》ごっこマップ』をつくった開発者からだ。おれたちほどの腕《うで》はないが、新しい冒険家《ぼうけんか》をよびこむチャンスにはなるだろう」

ヘルメットボーイがおどるようにくるりとまわった。そのまわりを黄色い蝶《ちょう》がとびまわっている。小さな子どものようだった彼《かれ》のアバターは、いつの間にかイェジのアバターと同じ目線まで背《せ》が高くなっている。大きなヘルメットは相変わらずだったけれど。

イェジはくちびるをかみながら、地面を見下ろす。すでに描《か》きはじめたスケッチだけでも二十枚《まい》。すべて、イベント用に描《か》いているものだ。ほかにもシタデルのアップデートの準備《じゅんび》もしなければいけないし、人気《にんき》が下火になってきたヒトデ形《がた》のキャンディにかわるアイテムも考えなくてはならない。やるべきことが山ほどあるのに、仕事がまたふえる。

シタデルをつくっていたころは、完成版《かんぜんばん》を見る楽しみがあってたえられたが、いまは同じような日の連続だ。一日じゅうシタデルの運営《うんえい》に追われてばかり。マップに遊びにいったり、ほかのユーザーとおしゃべりしたりすることもできず、もどかしさは倍になった。

さらに、体調が悪くなってしまった。仮想現実《かそうげんじつ》では体の筋肉《きんにく》を使わないので、その分、頭がぼーっとしてつかれを感じやすい。ここ数日は、頭が痛《いた》くてぐっすりねむることができなかった。体に負担《ふたん》がかかっているのだろう。

(これじゃあ、あのころと何もかわらないじゃない……)

ある記憶《きおく》が頭をよぎり、イェジは目を細めた。水彩《すいさい》絵の具のツンとしたにおいと荒《あ》れてヒリヒリする手、壁《かべ》から消えた一枚《まい》の絵。

ヘルメットボーイの顔色をうかがいながら、イェジは小さな声でいった。

「絶対《ぜったい》やらなきゃダメ?」

「なんだって?」

「いまの仕事だけでも多いし、最近パイキキをする時間が長くて、ママに怒《おこ》られてるんだよね。VR《ヴィアール》ヘルメットを取りあげるって話も出てるの」

「給料があるだろ」

「そういう話じゃなくて」

どう説明すればいいんだろう。イェジは頭をかかえたが、思いつくままに話していった。

「いまのままでもう十分だと思わない？　アイテムもほかのマップとかわらないくらいふえているし。ミニゲームだってもう三つもあるよ。新しいアイデアももううかばないし
……」

「アイデアがうかばないだと？」

剃刀《かみそり》のようにするどい言葉が耳にとんできた。

ダン！　ヘルメットボーイが地面をふみならし、イェジが手に持っていたブラシの先がちょんと曲がった。イェジはしゃっくりが出た。

ヘルメットボーイが顔をイェジに近づけた。ヘルメットで鼻がつぶされそうなくらい近い。

「どういうことだ。アイデアがうかばないとは」

「いや、だって……やれることは全部やったもん。ミニゲームも三つもつくったし」

「それくらいのことでつかれたとでも？」

「いけないの？」

「いや」

ヘルメットの向こうから、長いため息が聞こえてきた。ママがつくような、深くてはっ

きりとしたため息が。

「がっかりしただけ」

突然《とつぜん》、ナイフが胸《むね》に突《つ》きささったかのような痛《いた》みが走った。だれかをがっかりさせること。それはイェジが一番得意《とくい》なことだった。ママをがっかりさせ、パパも、先生も、仲良しの友だちも、がっかりさせた。もう二度と、だれかに期待されることはないと思っていた。そんなとき、自分に期待してくれる人が、奇跡《きせき》のようにあらわれた。なのに、その人さえがっかりさせてしまうだなんて……。体に鎖《くさり》がまかれているようだ。身動きが取れなくなる前に、どうにかしてその言葉がまちがっていることを証明《しょうめい》しなければ。

「ちがう！」イェジは声をはりあげた。「できるよ。やっぱりできる気がする」

ヘルメットボーイの反応《はんのう》はあいまいだった。

「無理しなくていい」

「ほんとだってば。コラボっていったよね。すぐにアイデアを出してくる。まってて！」

見せてやるといわんばかりに、イェジはブラシを持ちあげた。新しく生みだされたアイテムはどれも、これまでの作品よりはクオリティが低すぎたけれど、イェジは描《か》きつづけるしかな

かった。とにかくがんばっている姿《すがた》を見せるのが大事だと思った。イェジの様子をヘルメットボーイがじっと見つめていた。ヘルメットの黒い強化ガラスに、絵を描《か》くイェジのつかれはてた姿《すがた》がうつった。

ついに問題が起きた。中間テストで成績《せいせき》がガクッと下がった上に、一週間ずっと宿題をわすれつづけたせいで、先生からの電話がママに入ったのだ。イェジが家に入ると、仕事を早く切りあげて帰ったママがまっていた。ママは小さな声でイェジを部屋によびだした。

「あんたの様子がここ最近ずっとおかしいと思ってたの」

ママは大声も出さなければ、怒《おこ》ってもいない。イェジは居心地《いごこち》が悪かった。むしろ怒《おこ》ってくれればいいのに。いま目にうつるママはいつもよりつかれている。ときどき、まぶたがぶるぶるふるえる。イェジはじっとしていた。ママがどんな返事を期待しているかわかるまで、下手《へた》に反応《はんのう》しないほうがいいだろう。

「ねないで夜中まで起きているし、口もきかないし。このタブレットペンはどこで手に入れたの？　だれかに買ってもらったわけ？」

「パパが……誕生日《たんじょうび》プレゼントで……」

「養育費《よういくひ》もまともにはらえていないくせに、なんのお金で？」

イェジは言葉につまった。養育費《よういくひ》がどうだって？　初耳なんだけど。ママも自分がいった言葉にびっくりしたらしい。ママは眉間《みけん》を指でぐっとおさえたまま、口をひらいた。

「VR《ヴィアール》ヘルメットを持ってきて」

ウソでしょ？

「これ以上は見のがしてあげられない。しばらくママがあずかるからね」

「それはダメ。宿題で使ってるもん……」

「いい加減《かげん》にしなさい」

選択《せんたく》の余地《よち》はなかった。VR《ヴィアール》ヘルメットは、タンスの中の、イエジの手がとどかない最《さい》上段《じょうだん》の奥《おく》にしまわれた。

「しばらくあんたの様子を見て、返《かえ》すかどうか決めるから。いいわよね？」

イエジはうなずくことも、首を横にふることもできなかった。ただ必死になって、こみあげてくる涙《なみだ》をこらえた。


それから一週間、イエジはパイキキから強制的《きょうせいてき》にはなれた生活を送った。はじめの三日間は、宿題をがんばるふりをしたり、学校で学んだことをママに教えたりして気持ちを和ませようと努力したが、そのうちあきらめがついた。ママにこういいわたされたのだ。

「次のテストで平均《へいきん》が八十点をこえたら、ヘルメットをかえすからね」

次のテストまでは、あと三か月。それに平均《へいきん》八十点だって？　それって二度とかえさないといってるのと同じだよね？

　ベッドの上で、イエジは枕《まくら》に顔をうずめた。息がくるしくなり、胸《むね》がしめつけられるような痛《いた》みを感じた。いざパイキキに入れなくなると、その大切さが身にしみるほどわかる。自分にとって大事なものは、すべてパイキキにある。友だちも、仕事も、なしとげたものも、何もかもがヘルメットの中の世界にある。

　ただの仮想現実《かそうげんじつ》なのに。こんなのバカげてる？　でも、ゲームの世界が現実《げんじつ》より大事じゃない理由もない。現実《げんじつ》と同じようにお金がかせげるし、別のユーザーと会話して友だちになることもできる。パイキキでつくったアイテムだって、がんばって描《か》いた自分の作品だ。ふたつの世界に、どんなちがいがあるというのか。

　ティロリン。携帯電話《けいたいでんわ》からメッセンジャーの通知音が鳴り、イエジは涙《なみだ》でぬれた顔を上げた。こんなおそい時間に、だれからだろう。広告《こうこく》かもしれないと思いながら画面を確認《かくにん》し、目が真ん丸になった。

（え、ウソ、まさか！）

　忍《しの》び足《あし》で玄関《げんかん》に出て、扉《とびら》をひらく。メッセージに書かれたとおりだ。扉《とびら》の外には、段《だん》ボール

がとどけられている。その中にあるのは、梱包材《こんぽうざい》につつまれたVR《ヴィアール》ヘルメットだった。傷《きず》ひとつない新品で、バッテリーの充電《じゅうでん》もすんでいる。

パイキキに接続《せつぞく》すると、ヘルメットボーイが両腕《りょううで》を広げてイェジをむかえてくれた。

「サプライズ！」

「どういうことか説明して」

「突然《とつぜん》ログインしなくなったから、どうせヘルメットを取りあげられたんだろうと思ったんだ。君の母親については、以前から話を聞いてたから」

ここまであたしのことを考えてくれているなんて。イェジは胸《むね》がいっぱいになったが、そのあとの言葉に息がつまった。

「つくらなければならないものが山ほどある！　キャンディアイテムのデザインから終わらせよう。どこまで進んでいる？」

パイキキにもどるということは、つまり、またシタデルを管理しつづけるという意味だ。果てしない作業が続くという意味でもある。

（やっぱりこなければよかったかな）

ブラシを動かしながら、イェジはふと考える。そんなこと自分にできるはずがない、とは思う。毎日ごはんを食べてもおいしいとは思わないけれど、食べないと死ぬ。イェジにとってパイキキはごはんのようなものだ。

しかし、ひさしぶりのパイキキで仕事ばかりしていると、いつもより二倍も体がむずむずした。すこしだけでもパイキキの世界を楽しみたかった。その気持ちをおさえることができず、次の日、イェジはヘルメットボーイに見つかりそうにないすみっこのマップへこっそり出かけた。

イェジは釣《つ》りができる川のマップを見つけた。ながれている川の水に足をつけて腰《こし》かけると、わすれていたよろこびがよみがえってきた。前足で魚をつかまえようと、ぴょんぴょんとびはねているクロヒョウを見てさらに楽しくなった。イェジの顔に、いつの間にか笑顔がもどった。

そのとき、向こうからジャボジャボという音が聞こえてきた。夢中《むちゅう》になって足で水をけるときのような音。足と足のあいだで泳いでいた青い魚がおどろいたように急いでにげる。イェジは顔を上げて、音がする方向に目を向けた。そこには、カッパに身をくるんだ男がいた。長靴《ながぐつ》をはき、川の中をこちらへやってきている。腰《こし》を深くかがめたまま、両手を水の中へつっこんで、何かを追いかけているようだ。

「まて！　あとちょっと……。よし、つかまえたぞ！」

男が水の中から何かを高く持ちあげる。と同時に、足をすべらせてしまった。バランスをくずして、体が後ろにかたむく。男は転ばないように両腕《りょううで》を風車のようにぐるぐるまわしたが、体はかたむくばかり。男は目をつぶる。自分の運命を受け入れるかのように。

「川で動きを止めないで」

イェジの声に、男はつぶっていた目を細くあけた。強化グローブをはめたイェジの大きな手につかまれ、たおれずにすんだのだ。

「川がながれるようにプログラミングされているから、アバターも影響《えいきょう》を受けるの。だから釣《つ》りは川岸にすわって……」

イェジは言葉を止めてまばたきをする。男の顔がおかしい。目が大きくひらかれ、あごが地面につきそうなくらい口があいている。おばけでも見たかのような顔だ。

「君」男がつぶやいた。「君！」

「あたしを知ってるの……？」

「おぼえてない？　以前、砂漠《さばく》で助けてくれただろ？」

男が頭にかぶっていたカッパのフードを取ると、ぬれていない茶色い髪《かみ》の毛《け》があらわれた。ようやくユーザー名が目に入った。〈クロノス・ティア〉。砂地獄《すなじごく》にうもれて手足をバタつかせていたあの姿《すがた》が、イェジの頭の中をよぎる。

「あ、あのときの！」

川につかっている足が五本になった。白いブーツをはいたイェジの足が二本、基本装備《きほんそうび》のスニーカーをはいたクロノスの足が二本、魚をとろうとするクロヒョウの脚《あし》一本。

イエジの隣《となり》に腰《こし》を下ろしたクロノスは、相変わらずおしゃべりが止まらなかった。

「すごいや、二回も助けてもらえるなんて。これからは命の恩人《おんじん》って呼《よ》んでいい？」

「それはやめて」

「とにかく、君って本当にかっこいいなあ。ヒーローが登場したって思ったんだから！　君がいなかったら、死んだかもしれない」

「本当に死ぬわけでもないんだから」

「本当に死ぬかもしれないよ」

クロノスは深刻《しんこく》な顔でいった。

「パイキキの怪談《かいだん》、知らない？」

「パイキキの怪談《かいだん》って？」

はじめて聞く話に、イエジの顔がしかめ面になる。

「VR《ヴィアール》ヘルメットをかぶるときに、脳神経《のうしんけい》と直接《ちょくせつ》つなげるだろ？　それでパイキキの世界でうっかり命を落としたら、現実《げんじつ》にもどれないって話。脳《のう》は死んで、体だけ動くゾンビみたいな感じになるんだって。パイキキの開発者もゲームを売りはらったあとすぐに死んだけど、その話が拡散《かくさん》するのを企業《きぎょう》がお金で……」

イエジは話を聞きながら、泳いでいる魚をながめた。なんの話かと思ったら、昔から何度も聞いてきたうわさ話だった。最近は都市伝説という形で、新人ユーザーのあいだで拡散《かくさん》されているらしい。

「あんなのでたらめだよ。VR《ヴィアール》ヘルメットには安全コードが設定《せってい》されていて、問題があれば自動的に接続《せつぞく》が切れるようになっているから。だからありえない」

「もしものことがあるかもしれないだろ？　いやだなあ」

鳥肌《とりはだ》が立つのか、クロノスが自分の腕《うで》をさすった。それから静けさがあたりをつつんだ。

いきなりおとずれた静けさに、イェジはそわそわした。目を上げると、クロノスにじっと見つめられていたので、なんとなく手で頬《ほお》をさすった。

「何を見てるの？」

「あのクロヒョウ、どこで買った？」

「自分でつくったよ」

「自分で？」

クロノスは信じられないというように、首をぴんとのばした。イェジはしかたなくうなずく。

「あれを、全部自分で描《か》いたって？」

「なんでそんなにびっくりするの？」

「すごいからさ！」

クロノスが両腕《りょううで》で地面をたたきながらはしゃいだ。

「ぼくも絵を描《か》くのが好きだけど、君が描《か》いたものとはくらべものにならないくらい下手《へた》なんだよ。ねえ、ちょっと教えて」

「そういうのは、習い事にでも……」

「ほら、これ見て！」

相変わらずイェジの答えには耳をかさずに、クロノスは大きなブラシを取りだした。舌《した》を出したまま、川岸にサクサクと描《か》いていく様子がなんだかどんくさく見える。

（すごく集中してるみたい）

なぜか笑みがこぼれた。

「完成、これがぼくのペット一号！」

クロノスがブラシをはなすと、アヒルのようなふしぎな鳥があらわれた。両目の大きさがちがっていて、くちばしか口かわからない突起《とっき》がちぐはぐな線で描《か》かれている。お腹《なか》でも痛《いた》いのだろうか。イェジとクロノスの目が合い、ふたりは同時にふきだしてしまった。

「何これ」

お腹《なか》をかかえながら、イェジがいった。クロノスは地面をたたきながら、息がくるしくなるくらいわらった。

「だからいったろ、下手《へた》だって」

「いくらなんでも、これはひどすぎるよ！」

地面をコロコロ転がりながらわらい、イェジがようやく体を起こした。

「まってて」

イェジがアヒルに手をのばす。

「この前、鳥が歩くコードをダウンロードしておいたの」

イェジの手が、アヒルにふれた。コードを入力し、手をはなすと、突《つ》っ立っていたアヒルがよちよちと円を描《えが》きながら歩きだした。はじめはおかしかっただけのアヒルが、ときどき羽をバタバタさせて歩いているのを見ると、なんだかいとおしく思えてくる。

クロノスの目が好奇心《こうきしん》でかがやきだした。

「言葉も話せる?」

クロノスの傑作《けっさく》は、そうやってすこしずつ進化していった。音声を追加すると、アヒルは羽をばたつかせながら決められたセリフを口にする。攻撃《こうげき》できる能力《のうりょく》を追加すると、くちばしで川岸の草を手当たり次第に突《つ》っつき、おしゃれになるようプログラミングすると羽がカメレオンのように色をかえた。ふたりはわらいこけた。小川のようにすきとおったわらい声が、川べりまであふれかえる。楽しいなあ。

あまりにも楽しくて、イェジはだれかがやってきたことにも気づかなかった。

「アクセサリーもつけてあげようよ! サングラスはどう?」

「ここにいたのか」

声が聞こえたほうへ、ゆっくりと顔を上げる。川の向こうに目を向けて、イェジは思わず歯《は》をくいしばった。ヘルメットボーイがいた。彼《かれ》はじっと立って、イェジを見つめている。ヘルメットボーイが話を続けた。

「まっていたのに」

イェジは息をのんだ。

「だれ？」

とクロノスが聞いた。

「あたしの仲間。もう帰らなくちゃ。楽しかった」

「ちょっとまって！　メッセージでも……！」

クロノスが話し終わる前に、イェジは川の向こうにわたり、ヘルメットボーイの手をにぎってそそくさと立ち去った。

「信じられない。サボるだなんて！」

いつもの小屋へもどると、ヘルメットボーイがはげしく怒《おこ》りだした。

「やるべきことが山積みだというのに。それにあの子はだれだ。描《か》いた絵も、つけてるアクセサリーも、あまりにもひどすぎるじゃないか。ああいうのを、人間のクズっていうんだ。パイキキの世界ではなんの役にも立たない！」

イェジはヘルメットボーイの話にうなずくことができなかった。絵がプロのように描《か》けなくたって別にいいじゃない！　むしろそのほうが楽しかったんだし。だれからも文句《もんく》をいわれないところで、思いっきりわらえたのに。

口をとがらせてだまっていると、ヘルメットボーイが足をふみならした。小屋が大きくゆれた。

「いったい何が不満だ！　お金までわたしたというのに！」

「お金がほしいといったことなんてないよ」

「おれとはもう働きたくないってことか？　そういうことなのか？」

イェジは言葉が見つからなかった。ゴールドは別にほしくないけれど、ふたりでいっしょにつくったアイテムは手ばなしたくない。イェジのつくったアイテムをみんなにほめてもらっている。シタデルをおとずれるユーザーがふえればふえるほど、ヘルメットボーイは数字にこだわるようになった。

でも、パイキキはあたしの遊び場なの。

胸《むね》がしめつけられるように、また息ぐるしくなった。ずっと、イェジは大事なことを聞くことができずにいる。

ヘルメットボーイはどうしてあたしの家の住所がわかったの？

5. 災《わざわ》いのはじまり

「ママから聞いたよ。転校したってね。新しい学校はどう？」

イェジはうつむいたまま、パパが買ってきてくれたツナサンドイッチを見つめている。

最後にパパに会ったのは三か月も前だ。そのあいだイェジは、パパの質問《しつもん》にどういいかえせばいいのか、わかるようになった。

「いい感じです」

サンドイッチを手に取りながら答える。パパは昼ごはんだといってあらかじめ買っておいたサンドイッチをくれた。ママがまとめ買いしたツナサラダをここ一週間あきるほど食べたというのに。ひと口も食べたくなかったが、相手の気持ちを思いやれない子だとは思われたくない。

だまってサンドイッチを食べていると、パパがあわてた声でたずねた。

「どう？　おいしい？　カフェで買ってきたものだけど……」

「いい感じです」

パパの質問攻《しつもんぜ》めが止まった。残ったサンドイッチを口につっこみ、のみこもうとしたときだった。

「いろいろ大変《たいへん》だろ？」

パパがさっきまでと声のトーンをかえて聞いた。イェジはサンドイッチを頰《ほお》ばりながら、パパの顔を見あげた。

「ママとパパが離婚《りこん》してからさ。イェジにちゃんと説明できなかったなあと」

「ふん……」

「正直にいっていいんだよ。パパにはウソつかなくていいから」

口の中のサンドイッチが紙の束のようにかたい。イェジはかろうじてサンドイッチをのみこんだ。パパの本音が知りたい。本気で本当の気持ちを聞きたいのか、それとも「いい感じです」といういい加減《かげん》な返事が気に入らなかっただけなのか。

でも、あえて危険《きけん》をおかす必要はない。イェジは手についたパンくずをはらって椅子《いす》から立ちあがった。

「本当に大丈夫《だいじょうぶ》です」

パパからの返事はなかった。パパの分のサンドイッチがイェジの目に入る。パパは皿の上のサンドイッチに、手もつけていなかった。

コラボイベントは大成功だった。

「上位にいるのは……」

スターユーザーが生放送で実況《じっきょう》する声が大きくひびきわたる。

きのこのコスチュームを着たアバターがゴリラ姿《すがた》のアバターを攻撃《こうげき》した。四方八方から星形の弾丸《だんがん》がぴゅんぴゅんとんでくる。冒険家《ぼうけんか》たちは木をけって森をとびまわっている。

イェジが考えた最初のイベントは、宝探《たからさが》しだった。簡単《かんたん》にいえば、あちこちにかくされているたまごを見つけるゲーム。たまごだけでなく、似《に》たような形のひっかけトラップもある。サバイバル形式で、たまごをたくさん見つけて最後まで生き残った人が勝つゲームだ。そのほかのルールはなく、プレーヤー同士《どうし》で攻撃《こうげき》し合うこともできる。

一位は、金色の髪《かみ》をなびかせているスターユーザーのカン・ピッナだ。今回のコラボを仕切った人物でもある。ゲームを実況《じっきょう》しているユーザーたちのアバターも見える。イェジがずっと前からフォローしている人のアバターもいた。みんなが声高らかにわらいながら、イェジが生みだした世界を楽しく探検《たんけん》している。

イェジは楽しそうな人たちを、ぼんやりとながめた。

アクセス数がさらにふえている。うれしいことなのに、たしかはじめのころは空をとぶような気分だったのに、なぜかアクセス数がふえるにつれて、なんの気持ちもわかなくなっている。つかれてるのかな。百万回をこえれば気分が晴れるだろうか。いや、百二十万回をこえれば、百三十万回をこえれば……。

「どうしてそんな顔をしてるんだ？」

ヘルメットボーイが近づいてきて背中《せなか》をたたいた。彼《かれ》の背《せ》は、いまやイェジのアバターよりも十センチほど高くなっている。

「ほら、みんなこんなに楽しんでいる。すべておれたちのおかげだ。おれたちが生みだした世界を、よろこんでいるんだよ」

イェジはその言葉を素直《すなお》に受け入れようとした。しかし、おそってくる眠気《ねむけ》のせいで集中することができない。休みたかった。が、うっかりその言葉を口にして、彼《かれ》をまたカンカンに怒《おこ》らせるのがこわかった。

「つかれてるんだな」

ヘルメットボーイもふだんとちがうイェジの顔を見て、おだやかな態度《たいど》を見せた。

「帰っていいぞ。今月の給料にはボーナスを上乗せしておくよ。どうだ、うれしいだろ?」

イェジは何もいえなかった。

実は、ヘルメットボーイからもらったゴールドは、本当のお金にかえずに貯《た》めている。高い買い物をしてママに気づかれてから、むやみにお金を使うことができなくなった。通帳にお金が入っているのをママに見られるとこまるから、結局パイキキにそのまま置いておくしかない。

そのうちイェジは、ゴールドを使ったパイキキでの楽しみ方を見つけた。

夢中《むちゅう》になってエラーを直しているヘルメットボーイに声をかけた。

「ねえ、ちょっとだけジュピターにいってきてもいい？」

「『ジュピターシティ』のことか？」

「最近、うちより訪問者数《ほうもんしゃすう》が多いって。その秘訣《ひけつ》をさぐってみようかなと……」

ウソに気づかれないようにヘルメットボーイの顔色をうかがう。彼《かれ》は手でゆっくりあごをさわり、いった。

「ああ、たまにはそういう時間も必要だろう」

「ほんと？」

「一時間でもどれよ。新しいイベントの企画《きかく》をしよう。すこしのぞいたら帰るんだぞ」

イエジは強くうなずいた。


イエジはジュピターシティからすこしはなれたミニマップに向かう。ゆるされたユーザーしか入れない非公開《ひこうかい》のマップだ。ここを利用できるのはふたりだけ。マップをつくったイエジと……。

「きたんだね！」

ヘンテコなクロノス。

イエジはクスッとわらってマップの中へ歩いていく。『不思議の国のアリス』に出てくるきのこの森をテーマにしている。一軒家《いっけんや》くらい大きなきのこときのこのあいだ、きのこの笠《かさ》がつくってくれる日陰《ひかげ》に横たわっていると、心のつかれがふきとぶようだ。

「プレゼントがあるの」

「また？　そんなにぼくのことが好きなのか？」

「バカなこといわないで、受け取って」

イェジがアイテムボックスから一匹《ぴき》のペットを取りだした。虹色《にじいろ》の毛はふさふさで、目は星がはめられているようにきらきらしている。笑顔でプレゼントを受け取ろうとしたクロノスが、突然《とつぜん》動きを止めてためらった。

「これ、スターユーザーがつくったものだよね。高くない？」

「ゴールドならいっぱいあるから」

「でも、本当のお金なら五十万ウォン（日本円でおよそ五万円）くらいするでしょ。こんなものを簡単《かんたん》に人にあげたらダメだよ」

「なんで？」

イェジはふわふわの苔《こけ》の上に、ゴロンとたおれた。なんだか気分がすっきりしない。高いものを買ってあげたら、その分もっとよろこんでもらえると思ったのに、なによ、その反応《はんのう》は。

イェジの機嫌《きげん》をうかがっていたクロノスが、イェジを真似《まね》して芝生《しばふ》の上にねころがった。

ふたりはしばらく、きのこの笠《かさ》の上をながれるイルカの形をした雲をながめていた。

「今日は仕事しなくていいの？」

「休みだよ」

「すごくいそがしそうだね。パイキキっていやしの空間なのに」

「それは人によるでしょ」

クロノスがイェジをじっと見つめる。

「君はなんでパイキキをはじめたの？」

細くあけていたイェジの目が真ん丸になった。こんなことを聞かれたのははじめてだ。なんでパイキキをはじめたかって？　いわれてみれば、パイキキを使いはじめた理由が思い出せない。しばらく考えこみ、イェジはあたりさわりのない返事をした。

「ほかの子もやってるっていうから。みんな同じじゃない？」

「ぼくは現実《げんじつ》からにげたくてはじめたんだよ」

「逃《に》げたい？」

「そう、ぼく、いじめられてるんだ」

イェジはびくっとした。クロノスはいつものように説明を続けようとせず、イェジからの返事をまっている。大きな勇気を出していったんだろう。イェジにもわかる。自分の状《じょう》況《きょう》をこうして人に話せるようになるまで、どれほどなやみつづけていたかも。

なんとなくイェジも自分の秘密《ひみつ》を打ちあけたほうがいい気がした。でも、何を？　あたしだって友だちがあまりいないと？　ママになんの期待もされていないと？　本当はパパのことがきらいでしかたがないと？　いえるわけがない。正直になること、本音を話すのは、あまりにも危険《きけん》だ。

しかし、口が勝手に動きはじめた。

「あたし、もともとは美術《びじゅつ》教室にかよってたの」

イェジは自分でもびっくりした。ふたをした鍋《なべ》からお湯がぐつぐつ煮立《にた》つみたいに、言葉が勝手に出てきたのだ。

「いまはやめちゃったけどね」

「なんで？」

「うわさのせいで」

「うわさ？」

「あたしが人の絵をぬすんだんだって」

わすれたかった記憶《きおく》が、とうとうはっきりとよみがえってしまった。

勉強にはあまり向いていなかったが、絵を描《か》くことだけは自信があった。イェジが全国大会で賞《しょう》をもらってきた日のママは、いつものつかれた顔を見せなかった。イェジの成績《せいせき》が心配だと、ぶつぶつと不満げにいっていたママは、その日からイェジのことを「自慢《じまん》の娘《むすめ》だ」とほこらしげにいうようになった。リビングの壁《かべ》にはイェジの描《か》いた絵がかけられた。しかし、うれしい気持ちはたちまち負担《ふたん》にかわっていく。

(今回も入賞《にゅうしょう》できなかったなあ)

全国で上位に名をつらねているほかの子たちより、自分の実力がおとっている気がする。絵の教室に居残《いのこ》り、いくらがんばって練習しても、腕《うで》をなかなか上げられない。自分にできることは絵を描《か》くことだけなのに。絵さえまともに描《か》けないようでは、自分は価値《かち》のない人間になる。全国大会の準備《じゅんび》をしていたときには、同じ教室のだれかから、こんな皮肉をいわれた。

「あのさ、もしかして絵がうまいからみんなに気に入られてると思ってる？　本当はあんたがかわいそうだからやさしくしてるだけなのに？」

その言葉に、イェジは膝《ひざ》からくずれおちてしまった。何かを描《か》こうとしても、アイデアひとつうかばなかった。何を描《か》いても気に入らなかった。自分で描《か》いたものだといってみんなの前で絵を見せるのがつらくなった。

ついにイェジは、最悪の選択《せんたく》をする。

(これなら、だれも気づかないかも……)

過去《かこ》のコンテストの受賞作《じゅしょうさく》を、まるまる真似《まね》したのだ。

イェジの盗作《とうさく》は予想よりも早くバレてしまった。美術《びじゅつ》教室の先生に、学校の担任《たんにん》の先生に、そしてママに、一通のメールがとどいた。メールには構図《こうず》も、色合いも、テーマも同じで、ちがうところは実力しかない二枚《まい》の絵の画像《がぞう》が添付《てんぷ》されていた。

ママは壁《かべ》からイェジの絵を取りはずした。イェジの絵の実力が話題に上がるのもいやだというように。もともとすくなかった友だちもよそよそしくなり、学校ではさりげないいじめがはじまった。そうこうするうちにママは、引っこしを言《い》い訳《わけ》にして、イェジをほかの学校へ転校させた。新しい街で、イェジは美術《びじゅつ》教室にはかよわないことにした。絵を習う勇気など、わいてこなかった。

涙《なみだ》がこぼれそうで、話をやめて奥歯《おくば》をぐっとくいしばる。

「ぼくもいろんなことを途中《とちゅう》でやめてるよ」

クロノスがイェジの考えをさえぎるようにいった。

「パイキキだってやめようとしたよ。自分ってゲームも下手《へた》なんだなと思ってさ」

イェジは内心びっくりした。

「じゃあ、なんでやめなかったの？」

クロノスが笑《え》みをうかべた。雲がとおりすぎて太陽が出たからか、小さな顔が妙《みょう》に赤らんでいる気がする。

「ルナに出会えたから」

「え……？」

「ルナと遊ぶのが、すごく楽しくて。だからやめなかった」

今度はイェジの顔が火照《ほて》って赤くなった。ふたりはそっと手をにぎり合った。いっしょに見あげた空には、羊の群れのような雲があつまっている。

クロノスがいった。

「外の世界で実際《じっさい》に会ってみない？」

想像《そうぞう》したこともなかった。イェジはおどろいて目を見ひらき、すぐに顔をしかめた。

「なんでそんなむだなことをするの？」

「ぼくはソヘ小学校。君は？」

「絶対《ぜったい》にいわない」

「ぼくの名前はキム・ミンソだよ」

「知りたくないし」

「五年生だよ」

「やめて。知りたくないってば！」

イェジはクロノスを川に突《つ》きおとした。本当に会うだなんて、考えるだけでもはずかしい。川に落ちたクロノスをひっぱりあげようとして、ふたりとも川に落っこちてしまった。ふたりのわらい声がひびきわたった。

あまりにも平和すぎて、イェジが見おとしてしまったものがある。この森に招待《しょうたい》されていない存在《そんざい》。見知らぬ金色の蝶《ちょう》。羽が金色にかがやく蝶《ちょう》は、いつの間にか、きのこの森をぬけ、地面の中へと消えていった。

事件《じけん》はまるで災《わざわ》いのようにせまってきた。

イェジがそれに気づいたのは学校にいたときだった。授業《じゅぎょう》に集中できず、学習用のタブレットからゲームコミュニティをこっそりひらくと、パイキキ関連の新しい書きこみが目にとびこんできた。そこにはイェジのユーザー名が書かれていた。気になって書きこみのタイトルをタップした直後に、イェジの顔が青ざめた。

↳〈ル@ナ ジャンプ21〉がつくったアイテムです。それから、これはほかの上級ユーザーがつくったもの。めっちゃ似《に》てませんか？ 盗作《とうさく》としか思えない。

似《に》たような内容《ないよう》の書きこみがいくつも見つかった。そこにうつっていたのは、昔イェジがひまつぶしでつくっていたアイテムだった。当時はパイキキの使い方がよくわからなくて、練習でほかの人の作品をなぞってみただけなのに。それを盗作《とうさく》だなんて。ふえつづけるコメントは、どれもよくない反応《はんのう》だった。最後のコメントを見て、イェジは胸《むね》がつまった。

↳まれに見る実力のあるユーザーだと思ったのに。がっかりしました。

突然《とつぜん》、まわりの声が何も聞こえなくなった。タブレットを持った手がぶるぶるとふるえる。イェジは手をあげた。

「先生、早退《そうたい》したいです」

「あなたからみんなに、ちがうっていってちょうだい」

ログイン後、ヘルメットボーイを見つけたイェジはそうさけんだ。崖《がけ》の上にぽつんと立っていた小屋は、いつの間にか立派《りっぱ》な家にかわっていた。ヘルメットボーイはベルベット

のソファに、自分の腕《うで》を枕《まくら》にして横たわっていた。イェジの訪問《ほうもん》を面倒《めんどう》に思っているようだ。

「ちがうといってほしいって？　パクったのは事実なのに、ウソをつけと？」

「昔のことだから。最近つくったものは、全部あたしのアイデアだもん。あたしがどれだけがんばったか、あなたもわかってるでしょ？」

「さあ……」

ヘルメットボーイが首をかしげる。

「ごめん。信頼《しんらい》というものは、水のようなものでね」

「はあ？」

「どんなに小さなゴミでも、入ったと知ると、飲めなくなるんだよ」

「どういうこと？」

「君のことを信じられるかどうか、わからなくなったってことさ」

どきっとした。ヘルメットボーイはソファからさっと起きあがって、肩《かた》をゆらしながら
イェジの前まで歩いてきた。

「当分はこのＩＤ《アイディー》では接続《せつぞく》しないほうがいいだろ」

「で、でも……。シタデルはどうするの？　新しいイベントは……」

「それは心配しなくていい。おれがなんとかするから。いざとなれば、だれかをやとえば
いいだろ」

イェジは耳をうたがった。

「だれかをやとうって？」

「まあ、たいした意味はない」

「それってあたしのかわりを見つけるってこと？」

ヘルメットボーイはだまってしまった。しばらくしてから表示《ひょうじ》されたヘルメットボーイ
の返答は、とてつもなくショックな内容《ないよう》だった。

「アクセス数が半分以上減《へ》ってるんだ。あの書きこみがあった日から」

「だからといってあたしをクビにするのは、おかしくない？」

「休みたいといってなかったっけ？」

「それは……」

「すまない」

ヘルメットボーイが顔をそむけた。

「……君のためにシタデルを犠牲《ぎせい》にすることはできない」

目の前がかすんだ。

イェジはすぐにVR《ヴィアール》ヘルメットをはずした。押入《おしい》れの奥《おく》に押《お》しこんで、見向きもしなかった。何もかもが自分を裏切《うらぎ》っているような気がした。すべての力を注いだのに、また背《せ》を向けられ、「がっかりした」といわれてしまった。

パイキキにはもうログインしない。自分を傷《きず》つけるところには、二度ともどりたくない。

もしそう思いつづけられたなら、かえって幸せだったのかもしれない。

6. そしてパンプキンマンがあらわれた

イェジはどん底まで落ちこんだ。

気持ちが落ちつかず、同じ曲をくりかえしききながらベッドに横たわっている。自分のことをきらいな人が、この世のどこかに、何百人、何千人もいる。そう思うと、胸《むね》がしめつけられるようにくるしくなった。じっとして横たわっているだけで、涙《なみだ》が出る。

イェジの異変《いへん》に、ママもすぐに気づいた。イェジが部屋にとじこもってから一週間後に、ママはイェジのベッドにすわっていった。

「このごろ、すっかり元気がないわね」

イェジは目をぐるりとまわしてママを見る。本気で心配しているようなママの顔。

「何か心配事でもあるの？　ママにいってごらん」

頭の中になやみをうかべてみた。打ちあけられるようななやみではない。いったところで怒《おこ》られるだけで、わかってもらえるとは思えなかった。イェジは目をそらして、できるだけあいまいな返事をしようとつとめた。

「あたしって何が得意《とくい》なんだろうって思って」

そういってため息をつくと、ママは顔をなでてくれた。

「まだがんばりが足りないんじゃない？」
がんばりが足りないって？
「十分がんばってみなきゃわからないこともあるからね。だからイェジも……」
ママのいいたいことはわかる。イェジは苦々《にがにが》しい気持ちになった。

夢《ゆめ》の中ではパイキキの世界が広がった。プログラミングをする必要もなく、カーソルが思うように動かなくてあせることもない。手を上にのばすだけで木がそびえ立ち、両手をパチンと合わせるだけで雨雲があつまって雨がふる。泥《どろ》でできたアヒルの頭をつくくと、アヒルはよちよち歩きながら池へかけていく。イェジは蔓《つる》でブランコをつくって遊んだり、どこまでも続く森をつくったりした。足でふみしめたところからは草木が芽吹《めぶ》き、葉っぱにはきれいな露《つゆ》がついている。

夢《ゆめ》から目覚めると、すべてがむなしくてならなかった。キムチチゲのにおいが部屋に充《じゅう》満《まん》している。ママが鍋《なべ》につくったまま出かけていったようだ。イェジは豚肉《ぶたにく》の入ったキムチチゲが大好物なのに、肉はひと切れも入っていない。鍋《なべ》のふたをもどして目を横に向けると、ママが残したメモが見えた。

いまからやりなおしてもおそくないのよ。

タブレットをつけると、オンライン授業用《じゅぎょうよう》のホログラムが宙《ちゅう》にうかぶ。ママが夜中にダウンロードしておいてくれたようだ。ゲームアプリには使用制限《しようせいげん》がかかっている。

昨日ママからいわれた言葉を思い出す。まだがんばりが足りない？　だから他人の絵のアイデアをぬすんでしまったの？　それでみんなあたしを責《せ》めていたわけ？

机《つくえ》の前に腰《こし》を下ろして、授業《じゅぎょう》を受けようと努力してみる。しかし、なかなか集中できなければ、頭にも入ってこない。がんばってみても結果が出なかったらどうすればいいの？　そんな心配がつのるばかりだった。

（くるしい……）

イェジが手で顔をおおった。

そのときだった。画面右下のメッセンジャーに、新しいメッセージが入ったことを知らせる赤いマークがあらわれる。メッセージを読んだイェジの顔が、パッと明るくなった。

「メッセージを読んでくれたんだ」

ヘルメットボーイが落ちついた様子でイェジをまっていた。

「いったいなんなの？　しばらく入ってくるなといってたくせに」

わざとツンとした態度《たいど》を見せようとしたが、胸《むね》の高鳴りをおさえられなかった。

「すまない。君のかわりをさがす気なんてはじめからなかったよ。君ほどの才能《さいのう》を持っている人は、めったにいないから。じっくり考えてみたんだ。おれたちがここで力を見せつける方法をな。それで、新しいイベントを思いついた。そのイベントのためには、君が必要だ」

いまさらいっしょに仕事がしたいって？　こないだあんなことをいって追い出したくせに？　自分のプライドのことを考えるとことわるべきだろう。しかし、心はまるで空をとぶようだった。かわりになる人がいないということは、イェジがそれほどずばぬけているという意味なのだから。

「イベントって？」

わざと冷たい口ぶりで聞いた。ヘルメットボーイはうれしそうに説明を続ける。

「ハロウィンイベントだ」

「ハロウィン？」

「もうすぐ秋がくる。夏休みが終わったら、すぐオープンする計画だ。ちょっとだけ、こわい要素《ようそ》を入れてさ」

「たとえば？」

「冒険家《ぼうけんか》を追いかけたり、おどろかせたりするNPC《エヌピーシー》をつくるんだ。そうすると、ホラーゲームをやってる気がして、ハロウィンの気分が味わえるだろう。みんなよろこんで参加すると思わないか？」

「追いかけてくるNPC《エヌピーシー》って、どんなものなの？」

「それを考えるために、君が必要なんだ」

ヘルメットボーイが両手をのばしてイェジのほうに向ける。

「だれもがぞっとするようなものを、君がつくってくれないか？」

イェジは考えるふりをしながら口をぎゅっとつぐんだ。しかし、実のところ、頭の中ではだいたいのイメージが完成していた。


パイキキにも真っ暗な夜はある。特殊《とくしゅ》なアイテムさえあれば、暗闇《くらやみ》など気にしないで歩きまわることができるが、一般《いっぱん》ユーザーではありえないことだ。男性《だんせい》のアバターが片手《かたて》にランプをさげ、藪《やぶ》の中を、草をかき分けながら進んでいく。その後ろを、何かが追いかけている。が、男の目には何も見えない。

「だれかいる？」

返事はない。おそるおそるもう一歩足をふみだしたときだった。

ランプの前に大きな影《かげ》があらわれた。ろうそくのようにもえあがるふたつの目。その下にある野獣《やじゅう》のような口が大きくひらく。口の中には歯のかわりにさびた釘《くぎ》が生えていた。

遠くからそのアバターがにげまわる様子をながめていると、イェジはふしぎなほど気持

WARNING
NOT FOUND

ちがたかぶった。

カボチャの頭に、歯よりするどい釘《くぎ》、猛獣《もうじゅう》のように光っている目。イェジはすべてのデザインを一日で完成させ、このモンスターを「パンプキンマン」とよぶことにした。ハロウィンといえばだれもが思いうかべる、ジャック・オー・ランタンからヒントをえた。

見た目がおそろしい上に、暗闇《くらやみ》の中を移動《いどう》できるようにプログラミングしたため、パンプキンマンを見ておどろかないユーザーはいない。時には、気を失ったかのように、じっと動かなくなるアバターもいた。

しばらく観察していると、ヘルメットボーイが近づいてきた。

「イベントの調子はどうだ？」

イェジは先ほど録画した動画をながす。

「すぐにうわさが広まると思う。そうなれば、人がもっとあつまるだろうね。そろそろハロウィンイベントのお知らせをしてもいいと思うけど？」

ヘルメットボーイからの反応《はんのう》はない。イェジが不安になったときだった。

「規模《きぼ》をもっと大きくしてみよう」

「パンプキンマンをふやすってこと？」

「そういう手もあるんだが……。これまでのイベントは、このシタデルの中でしかおこなわれなかった。今度はまた別のやり方を試してみないか」

すぐにはその言葉の意味が理解《りかい》できなかった。しばらくだまっていたイェジは、顔をしかめた。

「つまり……パンプキンマンをこのシタデルの外に出そうってこと？」

「ああ、そうだ」

「それは無理だと思う。NPC《エヌピーシー》は決められた場所から出られないんだし」

「おれの実力を低く見積もりすぎてるな」

ヘルメットボーイが自慢気《じまんげ》にあごを突《つ》きあげる。

イェジはうたぐり深い目でヘルメットボーイを見つめた。たしかに、このイベントの目的がみんなをこわがらせることなら、予想もつかないあらゆる場所でパンプキンマンが出てきたほうが効果的《こうかてき》かもしれない。

とはいえ、心配がないわけではなかった。そんなことをしたら、こわいものが苦手なユーザーたちがつらい思いをするのでは？　こわすぎて心に傷《きず》を負ってしまったら？　それに心臓《しんぞう》が弱いユーザーには危険《きけん》かもしれない。

「あの、それは……」

イェジは言葉を続けようとしたが、そのとき、ヘルメットボーイが文句《もんく》でも？といいたげな態度《たいど》で首をかしげた。いやだといったら、ヘルメットボーイがひとりでイベントを進めるといってくるかもしれない。今度こそイェジのかわりになるだれかをさがしあててくるにちがいない。

(きっと大丈夫《だいじょうぶ》。ただのゲームなんだし)

心の中でそうつぶやきながら、イェジは首をふる。無理に満面の笑みをつくってみせた。

「よし、やってみよう」

次の日、イェジは盗作《とうさく》のうたがいをかけられた日からしばらく見ないようにしていたゲームコミュニティに入ってみた。もしかしたら、パンプキンマンのイベントが、パイキキ本社によって決められたルールに違反《いはん》しているかもしれないと心配になったのだ。掲示板《けいじばん》に目をとおしながら、イェジは腹《はら》をくくった。

(自分についてあれこれいうコメントは読まないようにしよう。傷《きず》つくだけなんだし)

掲示板《けいじばん》を下にスクロールし、イェジはおどろいてしまった。掲示板《けいじばん》では、いまだにイェジに関連した話でもりあがっている。ただ、今回はイェジについての話ではない。みんなはパンプキンマンについて話し合っていた。

↳ネオシティにあらわれたモンスターの話聞いた?

↳あれってバグじゃない?

↳バグなわけないだろ。

↳あれってパイキキの怪談《かいだん》にそっくりだよね。

↳知ってる。昔、パイキキのユーザーがひとり死亡《しぼう》したっていう……。


ありとあらゆるうわさで、掲示板《けいじばん》がざわついていた。みんなはいきなりあらわれたなぞのモンスター、パンプキンマンをこわがりつつも、どこかひかれているようだった。怪談《かいだん》話《ばなし》が好きでたまらない人みたいに。

全身がぞくぞくして、心臓《しんぞう》がバクバクする。みんなの憎《にく》まれ役《やく》からふたたび注目の的になれて、うれしくてしかたがない。パンプキンマンをつくった人と、すこし前に掲示板《けいじばん》でたたかれていた人が、同じ人物だということを知っているだろうか。みんながマヌケに思えた。と同時に、それまでの傷《きず》が、一気に消えていくような気がした。

ヘルメットボーイは、イベントは成功だといった。それから言いたした。

「続編《ぞくへん》をつくろう」

イエジはすぐに図書館へ向かった。いろいろな本からこわいおばけや化《ば》けものが出てくる箇所《かしょ》を描《か》きうつし、何冊《なんさつ》かは借りて家に持ってかえる。スケッチブックに化《ば》けものの姿《すがた》をデッサンし、何度も練習した。イエジはひとつのことしか考えなかった。もっと不気味《ぶきみ》な絵、もっとおそろしい絵がほしいの。

みんなが騒《さわ》ぎ立てるほどの、悪夢《あくむ》が必要だった。

7. 広まる怪談《かいだん》

夜になると、パンプキンマンが後ろからおそいかかってくる。そんなうわさが、パイキキをあっという間にのみこんでしまった。何人かがあつまれば、すぐにパンプキンマンの話でもりあがる。自分のペットにカボチャの飾《かざ》りをつけたり、カボチャの髪飾《かみかざ》りをつけたりしているアバターも多い。これほどたくさんのユーザーが、イェジの作品について話し合うのは、はじめてのことだった。

もうひとつ、パンプキンマンにのみこまれてしまったものがある。イェジの日常《にちじょう》だ。イェジはほとんどの時間を、パンプキンマンのことを考えながらすごしている。もっとこわいモンスターをつくるために、イェジは大人のイラストレーターに人気《にんき》のサイトにアクセスし、資料《しりょう》を調べた。時にはこわくてねむれなくなるほどの絵もあったが、ぐっと我慢《がまん》しながら絵を写しつづけた。

ママの言葉を思い返した。がんばろう。一生懸命《いっしょうけんめい》にがんばれば、いつかはみんながわかってくれるだろうから。

いろいろなコンセプトのパンプキンマンが、パイキキのあちこちにあらわれた。首がのびるパンプキンマン、分身術《ぶんしんじゅつ》が使えるパンプキンマン、済州島《チェジュとう》（韓国《かんこく》の南部にある島）の怪談《かいだん》に出てくるオドクシニ（暗闇《くらやみ》という意味。人間に気づかれると大きくなるおばけからヒントをえて、ユーザーに見られたら体が大きくなるパンプキンマンもつくった。いくつかは人気《にんき》になり、いくつかはすこしばかり話題になっただけで、わすれられた。イエジはその反応《はんのう》をひとつひとつ確認《かくにん》しながら、絵に反映《はんえい》させていった。

ヘルメットボーイはイエジのアイデアをさらにすてきなものにしてくれた。イエジがもどってきてから、ふたりはよきパートナーとして支《ささ》え合《あ》った。相手の意見をみとめ、ちゃんと耳をかたむける。すくなくともイエジにはそう思えた。どんなデザインを持っていっても、ヘルメットボーイはあれもこれもアイデアがすばらしいとほめてくれたから。イエジはまいあがって昼も夜も休まずに、パンプキンマンをつくるのに没頭《ぼっとう》した。崖《がけ》の上の小屋から出ることのほうがめずらしいくらいだった。

しかし、そんなイエジでも、ヘルメットボーイのさらなる要求にはことわらなければならなかった。

「何かがたりない」

ヘルメットボーイがベルベットのソファに横たわったままいった。

「これではたりないんだ。冒険家《ぼうけんか》たちがだんだんなれてきている。そのうちパターンが読まれてしまうだろ。そうなったら終わりだ」

「次はクモのあしがついてるパンプキンマンを考えてるんだけど……」

「そういう問題じゃない」

ヘルメットボーイが顔を上げる。

「もっとレベルを上げるときがきたんだ。びっくりさせるだけじゃ、みんなの関心がうすれる。もっと本格的《ほんかくてき》に恐怖《きょうふ》を植《う》えつけないと」

「何か考えがあるわけ？」

「ウイルスだ」

イェジは自分の耳をうたがった。

「ウイルス？」

「パンプキンマンにふれてそのウイルスに感染《かんせん》したら、バグが生じるようにするんだ。感《かん》染《せん》した冒険家《ぼうけんか》は何が起きたかわからなくてこわくなるだろうな。みんなびくびくすると思わないか？」

イェジは頭が真っ白になった。いくらパンプキンマンのイベントでもりあがっているとはいえ、そんなことはやってはいけない気がする。

「それはちょっと」

今度こそはだまって本音をかくすことができなかった。

「そんなことしたら、もうゲームじゃなくなるよ。本気でこわがる人も出てくるだろうし。ゲームは楽しくなくちゃ」

「恐怖《きょうふ》を楽しむ人もいる」

「こわすぎるのはダメだよ」

イエジはヘルメットボーイの意見に反対しつづけた。

「まあ、念のためいってみたまでさ」

そういいながらも、ヘルメットボーイは残念な表情《ひょうじょう》をかくさない。イエジは友だちの気持ちを裏切《うらぎ》っているような気がして、後ろめたくなった。それでもやってはいけないと思うことをみとめるわけにはいかない。

「そろそろ帰るね。今日はもうおそいから」

イエジは適当《てきとう》にいいつくろって、ゲームを切りあげた。


その日の夜、イエジはのどがかわいて、忍《しの》び足《あし》で部屋から出た。こんな時間に起きていることをママに知られたくない。ママはだれかと電話中のようで、部屋からはときどき楽しそうなわらい声が聞こえた。ふたりでいるときは、一度も聞いたことのない声。

「そうなんだ、あんたはいいわね」

ママはいった。

「ジンス君って本当に優秀《ゆうしゅう》なんだね……うん？　イエジ？　このあいだまで絵を描《か》いてたけど……その話はやめよう。はずかしいし……そうね、何を考えてるんだろう。見てると

イライラする……」

イェジは棒立《ぼうだ》ちになって、ママの話に耳をすます。そのとき、ふいと顔を横に向けたママとイェジの目が合った。イェジはきびすをかえして部屋にかけもどった。ママから何かいわれる前に急いでドアにカギをかけると、ふたたびVR《ヴィアール》ヘルメットを頭にかぶった。

「どうした？　今日はもう帰ってこないと思ったのに」

ヘルメットボーイがイェジに近づいてきた。イェジはだまっていた。涙《なみだ》がこみあげて声がふるえるのを気づかれたくない。そんなイェジの気持ちを見《み》ぬいているように、ヘルメットボーイは小さな声でいった。

「傷《きず》ついたんだな」

イェジはなんの返事もできなかった。

「外の世界が、また君をくるしめた」

「……」

「わかるよ。おれにもそういう経験《けいけん》がたくさんあるから」

「天才でお金持ちのあんたに、あたしの何がわかるっていうの？」

イェジはかろうじて話しつづけた。

「あたしなんて得意《とくい》なものも何もないのに。ママをがっかりさせてばかりなのに」

「おれは、友だちのみんなから裏切《うらぎ》られた」

ヘルメットボーイは自分の言葉をかみしめるように、ゆっくりうつむいた。イエジは顔を上げて、ヘルメットボーイと向き合った。ヘルメットの不透明《ふとうめい》なガラスに、イエジの顔がうつしだされた。

「おれをののしりながら去っていったんだ。すこしも理解《りかい》してくれなかった」

「……それでどうなったの？」

「何人かはもどってきてくれたよ……二度と会えなくなった人もいるけど」

クロノスの言葉が脳裏《のうり》をよぎる。逃《に》げ場《ば》を求めて、ここにやってきたんだと。逃《に》げ場《ば》というものは、どうしてこんなにもみじめで、きゅうくつなんだろう。無限《むげん》に広がるこの架《か》空《くう》の世界でさえも。

「あんたもここに逃《に》げてきたの？」

「それはちがう」

ヘルメットボーイはいった。

「おれは自分の実力を見せつけたいんだ」

イエジは無言でヘルメットボーイを見つめた。いつの間にか鼻の奥《おく》がじーんと痛《いた》くなることも、涙《なみだ》がこぼれ出ることもなくなっていた。

イエジは力強くうなずいた。

「よし、見せつけよう」

#パイキキ　#パンプキンマン　#VR《ヴィアール》　#ゲーム

二十分前

北のマップを歩いてたんだけど、なんかぞくぞくする感じがして後ろをふりむいたら、そこにいたんだよ。マジでこわくてもらしそうになった。

とにかく、そのあとにふしぎなことが起きた。びっくりしてゲームから出ようとしたらバグって画面がかたまったんだよ。

パイキキの怪談《かいだん》を思い出しちゃった。

十七分前

パンプキンマンから守ってくれるという詐欺師《さぎし》にだまされないで！

五百ゴールドもわたしたのに、全然《ぜんぜん》きかない。ゴールドも取られて体力ゲージもかなり減《へ》っちゃった。もうちょっとでゴールドランクにレベルアップするとこだったのに。詐欺師《さぎし》とパンプキンマンのせいだよ。

十六分前

ひとりで暗いマップをまわってたら、パンプキンマンに出くわしちゃった。そのまま横をとおりすぎていくだろうと思ったら、あのおそろしい顔をぬっと突《つ》きだしてきてね。ほかのモンスターもあれくらい近づいてくるっけ？　こわすぎ。よく夜道に気をつけてっていわれるけど、ゲームの中でもこわくてひとりでは歩きまわれそうにないよ。

十三分前

ついに見た。いままではパンプキンマンがこわいっていってるヤツが、全然理解《ぜんぜんりかい》できなかったんだよ。どうせゲームの中のつくりものだしって思って。でもリアルに攻撃《こうげき》をくらってるみたいで、マジで死ぬかもしれないと思った。みんな気をつけたほうがいいぞ。接続《せつぞく》が切れないって話、マジだからな。アバターがこわれるくらいボコボコにされているのに、にげられなかった。

八分前

以前はモンスターが出てくるマップにもよくいってたし、ほぼ真っ暗なマップで時間をつぶしてたけど、最近は絶対《ぜったい》に近よらない。ゲームをしてないときも、パンプキンマンが出てくる気がしてびくびくしちゃう。あれって本当にだれがつくったの？

五分前

サソリ型《がた》パンプキンマンの新しいバージョンが出た！　まだ足ががくがくふるえてる。前のデザインもよかったけど、今回はめっちゃ進化してるよ。ホラー映画《えいが》なんかくらべものにならない。みんなふつうに絶叫《ぜっきょう》するだろうね。

すぐ前

五年間パイキキをやってきたけど、もうアカウントを消したよ。あのパンプキンマンのせいで……。

8. 助けて

イエジは切《き》り株《かぶ》に腰《こし》かけて、行《い》き交《か》う冒険家《ぼうけんか》たちをながめていた。みんなピリピリしている。もうすぐ暗くなる。いつ、どこで、パンプキンマンがおそいかかってくるかわからない。

(前はあの中にまじって遊んでたもんねえ)

さびしくはない。むしろいい気がした。ほかの人より自分がもっとすぐれているという気分。これを、優越感《ゆうえつかん》っていうんだっけ?

そんなことを思いながら、イエジは口の中の苦々《にがにが》しい感じをのみこむ。

画面の角がぴかぴかと光り、通知がとどいた。タップすると、目の前にメッセージがあらわれた。

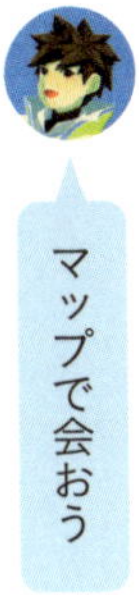

送信者の名前が目に入り、イエジは目を細める。クロノス。盗作事件《とうさくじけん》が起きてから連絡《れんらく》がとだえていたのに、いまさらなんで?

イエジはすこしなやんで返信ボタンをタップした。

ごめん、ちょっといそがしい

こないだの事件《じけん》のことなら聞いたよ
ぼくは気にしてないから
ただルナといっしょに遊びたいだけ

イエジはまよった。やはりクロノスとの時間が恋《こい》しかった。パンプキンマンに集中しようと思ってその気持ちをぐっとこらえてきただけ。

……わかった

結局、イエジはひさしぶりにふたりだけが知る秘密《ひみつ》のマップをおとずれることにした。クロノスに会いにいく前に、イエジはスターユーザーがつくったシタデルに立ちよって、かわいいアヒルのアイテムやクロノスが好きなアニメのキャラクターの姿《すがた》をした限定版《げんていばん》のペットを買いこんだ。これだけあれば、クロノスもよろこんでくれるだろう。

イエジは、ひさしぶりに再会《さいかい》したクロノスの意外な姿《すがた》を見ておどろいた。このあいだまでクロノスのアバターは、イエジがおくったアイテムで見栄えよく着飾《きかざ》っていたのに、いまは元のみすぼらしい姿《すがた》にもどっている。限定版《げんていばん》のペットも見当たらない。はじめて砂漠《さばく》マップで出会ったときよりもずっとみじめな感じ。

「どうしたの？　アカウントでも乗っ取られた？」

「パンプキンマンにやられちゃってね」

イェジは何かで頭をなぐられたかのような気がした。

「え？」

「おそい時間にうろうろしてたらパンプキンマンに出くわしちゃって。気づいたら、アイテムも、ペットも、全部取られてたよ」

口の中がかわいた。

パンプキンマンはだれかのものをうばわない。しかし、パンプキンマンのふりをしてアイテムをうばい取るハッカーがいるといううわさは聞いたことがあった。ヘルメットボーイは、人気《にんき》が出るとこういうことはつきものだといった。その説明を聞いて、イェジも深く考えないようにしていた。しかし、まさかクロノスまでやられていたとは。

知らないふりをして、イェジはこう聞いた。

「本当にパンプキンマンだった？」

「パンプキンマンしかいないでしょ？　最近あんなひどいことするヤツは」

「ひどいこと？」

「コミュニティの書きこみ、読んだことないの？」

クロノスはすぐにこれまで見聞きした話をイェジに聞かせてくれた。最近はどこかにかくれていたパンプキンマンがいきなり出てきてユーザーを気絶《きぜつ》させて、アイテムをかっさらっていくという話。イェジは初耳だった。

さらにひどい出来事もあるという。パンプキンマンに出くわしてからアバターがかたまってしまって、結局アカウントを手放すことになったというのだ。こわくても楽しいイベントだったはずのパンプキンマンが、いまでは災害《さいがい》のような存在《そんざい》となっている。

イェジの気持ちに気づくはずもなく、話を終えたクロノスは、おだやかな笑顔を見せた。

「めっちゃひさしぶりだよね。釣《つ》りでもしようか？　宝探《たからさが》しのイベントがあるらしいけど、そっちがいい？」

「ごめん……今日はもう帰る」

「急にどうしたの？」

クロノスがあとを追いかけてきた。イェジはふりむきもせずに、きのこの森のはしまでスタスタと歩きつづけた。自分のせいでクロノスがひどい目にあったようで、胸《むね》がちくちくする。イェジはさけてきた質問《しつもん》をまた突《つ》きつけられた気がした。

(自分のせいじゃないっていい切れるわけ？)

「ちょっとまって！　本当に帰るの？」

遠くからクロノスの声がひびいている。お願いだからついてこないで、とさけぼうとふりかえったそのとき、イェジの目が丸くなった。クロノスの後ろを、大きな影《かげ》が追いかけていたのだ。

「にげて！」

イェジはさけんだ。

しかし、手《て》おくれだった。大きな影《かげ》が、後ろからクロノスにおそいかかる。

クロノスは悲鳴を上げながら足をばたつかせたが、影《かげ》をふりはらうことはできなかった。

釘《くぎ》のようなするどい歯が見えたと思ったら、おぞましい口が大きくひらいて、クロノスの頭をのみこんでしまった。

「はなれて！」

イェジはパンプキンマンの首を力いっぱいひっぱる。そこにこのモンスターをデザインしたイェジだけが知る弱点があるのだ。しかし、間に合わなかった。パンプキンマンは霧《きり》のように消え、クロノスの姿《すがた》は跡形《あとかた》もなくなってしまった。

その後、クロノスの名前は、マップのどこにも表示《ひょうじ》されなくなった。何度メッセージを送っても返事がない。そうこうするうちに、ユーザーリストからも名前が消えてしまった。

それはアカウントが消えたことを意味する。

「ヘルメットボーイ！」

イエジは滝水《たきみず》がながれおちる崖《がけ》の上へ向かった。アイテムボックスから青く光るクリスタルを取りだし、足先を照らしながら進む。

「ヘルメットボーイ！」

イエジの声がこだました。崖《がけ》の上の道は細くてすべるせいで、すこしでもふみはずせば奈落の底へ落ちてしまう。できるだけ壁《かべ》に体をよせて、イエジはもう一度声を張《は》った。

「ヘルメットボーイ！」

「ここだよ」

後ろから声が聞こえた。びっくりして崖《がけ》から転げおちそうになった。そのとき、ヘルメットボーイがイエジの腕《うで》をつかんだ。

「どうしてここに？」

イエジは大きく息をすった。いいたいことは、もう決まっている。

「パンプキンマンのイベントを中止して！」

ヘルメットの不透明《ふとうめい》なガラスが、イエジの顔をうつしている。

「なぜだ？」

「もう満足したでしょ？」

イエジは歩きながら話を続ける。

「パンプキンマンのせいで被害《ひがい》を受けている人が多すぎるの。それに、パンプキンマンのふりをしたハッカーがアバターを攻撃《こうげき》してる！　このまま放ってておくわけにはいかないの。いますぐにやめて！」

ヘルメットボーイはしばらくだまったあと、いった。

「ついてきて」

ヘルメットボーイの小屋は、もはや小屋ではなくなっていた。床《ゆか》には宮殿《きゅうでん》で見るような大理石のタイルが敷《し》かれ、天井は空ほど高く、金色のツタの葉で装飾《そうしょく》された石柱《せきちゅう》で支《ささ》えられている。どこを見わたしても目がくらむほどはなやかだ。大きな門は、手を使う必要もなく、ヘルメットボーイが近づくだけで左右にひらいた。

部屋に入り、ヘルメットボーイはジャンプをするようにしてソファにすわると、テーブルにあるぶどうを手に取った。食べられもしないのに、ぶどうを房《ふさ》からひとつぶ取り、手のひらでもてあそぶ姿《すがた》が、いつにもまして傲慢《ごうまん》そうだ。

「つまり、ほかの人が迷惑《めいわく》しているからやめようってことだな？」

「そう」

イエジはきっぱりと答える。

「ひとつだけ聞こう。さっき、崖《がけ》では何がこわかったんだ？」

「いったいなんの話？」

「パイキキでゲームオーバーになったらどうなるか、君だって知っているだろう。ゴールドが減《へ》って、近くの街で生まれかわるだけさ。君はゴールドをありあまるほど持っているし、こわがる理由は何もないはずだ」

「それは……」

イエジは混乱《こんらん》して、顔をしかめた。

「わからない。ただ、高くてこわかったんだと思う」

「それだ。すごくリアルだからだ」

ヘルメットボーイが立ちあがった。

「おれたちがやっていることは、つまりそういうことだ。本物のようにつくること」

「どういうこと?」

「もっとリアルになればなるほど、この世界は美しくなる」

イエジはくるしくなった。ヘルメットボーイの話で心がゆらいでいる。

イエジが考え、つくりだしたパンプキンマンを、みんなは本物のようにこわがっている。

それに、おばけの話などをくわえて、パンプキンマンをもっとこわく説明しようとした。

それを見て、イエジは自分の作品がみんなからみとめられているような気がした。もっとリアルに、もっと本物らしくしたい。

「この世界はさらに進化していくはずだ。おれたちはそれを手助けしている」

「進化って?」

ヘルメットボーイがイェジをじっと見つめる。イェジは鳥肌《とりはだ》が立った。

(いま、わらった?)

「パイキキのことをつくりものの世界だという人がいる」

ヘルメットボーイがパチンと指を鳴らすと、天井までとどきそうな巨大《きょだい》スクリーンがあらわれた。

スクリーンにうつしだされたのは、ネオシティを宣伝《せんでん》している芸能人《げいのうじん》、セボムのアカウントだった。画面を見ているうちに、ヘルメットボーイが見せてくれたものが、セボムの会話記録だということがわかった。そこにはセボムとほかのユーザーとのやりとりや、会話音声がそのまま書きうつされている。イェジは背筋《せすじ》がこおるようだった。

「これを、どうやって……」

「NPC《エヌピーシー》を使ったのさ。NPC《エヌピーシー》はユーザーの情報《じょうほう》を一部、ぬきとることができるから」

NPC《エヌピーシー》とは、パンプキンマンのことだ。つまり、ヘルメットボーイはパンプキンマンを使って冒険家《ぼうけんか》の個人情報《こじんじょうほう》をぬきとっていたのだ。

イェジがそわそわしていると、ヘルメットボーイはセボムとだれかのやりとりを声に出して読みはじめた。パイキキのユーザーをひまなやつばかりだと見くびっているような内容《ないよう》だった。

「ここでお金をかせいでおいて、ここの人たちをバカにするだなんて。こんなヤツらのせいで、パイキキがダメになっていく。冒険家《ぼうけんか》からこの世界をうばい取っていくのは、こういうヤツらなんだ」

そういうと、ヘルメットボーイはスクリーンを消した。

イエジはいった。

「どうかしてる。これは犯罪《はんざい》だよ。個人情報《こじんじょうほう》を勝手にぬすむなんてありえない！」

「必要なことをやったまでさ」

ヘルメットボーイが話を続けた。

「君だって、パイキキの本当の意味を知らない。ここは楽しいばかりの空間じゃないんだ。それ以上の可能性《かのうせい》を秘《ひ》めているのさ」

夢《ゆめ》でも見ているかのようにぼそぼそとつぶやくヘルメットボーイの口調に、身の毛がよだった。

イエジは歯をくいしばる。

「あんたを、通報《つうほう》する」

「通報《つうほう》するだと？」

ヘルメットボーイが首をかしげた。

「それはいい考えじゃないなあ。おれは君の本当の名前も知っている。オ・イエジさん」

心臓《しんぞう》が止まりそうになった。

「あんた……」

「もし君がおれを通報《つうほう》したら、おれは君の本当の名前をネットにバラそう。おれは新しいアバターをつくればすむが、君はおそらく捜査《そうさ》の対象《たいしょう》になるだろう。警察《けいさつ》から連絡《れんらく》がくるだろうな」

ヘルメットボーイがプレゼントをおくってきたことが頭をよぎる。パズルのピースがすべてぴったりとはまった。

「あたしの個人情報《こじんじょうほう》までぬすみとったのね」

「君のためだ」

ヘルメットボーイがあごを突《つ》きだした。ヘルメットの下から、顔の下半分の輪郭《りんかく》がくっきりと見えた。

「外の世界が憎《にく》いんだろ?」

イエジは急いでクロヒョウを取りだした。ヘルメットボーイになんとおどされても、この事実を、いますぐだれかに伝えなければ。

しかし、クロヒョウはびくともしない。クロヒョウだけではなかった。イエジのアバターも動かなかった。金縛《かなしば》りにあったかのように、指一本思うように動かすことができなかった。

「にげるつもりか?　どこに?」

息がつまってきた。パイキキとの接続《せつぞく》を切るために瞳《ひとみ》を動かそうとしたが、目すらも自分のものではないかのように動かない。VR《ヴィアール》ヘルメットから警報《けいほう》がけたたましく鳴った。

システム異常《いじょう》を知らせの警報《けいほう》が。

イエジの目に恐怖《きょうふ》の色がにじみはじめた。ヘルメットボーイがクロヒョウの頭をなでながらいった。

「ユーザーの個人情報《こじんじょうほう》データの中から、ついに安全コードを見つけたんだ。それをいじれば、もうVR《ヴィアール》ヘルメットの接続《せつぞく》を切っても、ここからログアウトすることはできなくなる。すべてウイルスを広めてくれた君のおかげだ。君のおかげで……」

ヘルメットボーイが手を上げると、豪邸《ごうてい》の上から、空をおおうほどの巨大《きょだい》なドラゴンがあらわれた。

「ここを本当の世界につくりかえることができる」

ドラゴンがおり立つと、あたりにほこりがまいあがった。ヘルメットボーイはずっしりとしたドラゴンの背中《せなか》にイエジを乗せた。

「ちゃんと見ろ。これが君のつくった世界だ」

ドラゴンが空にとびあがった。眼下《がんか》に遠のいていく風景の中、ひしめいて悲鳴を上げているアバターたちから、ひとつの言葉がはっきりと聞こえてきた。

「た、す、け、て！」

9. 崖《がけ》の下へ

イェジのママは、エレベーターからおりてすぐ電話に出た。朝からいくつの会議に出たかわからない。急ぎすぎたせいで、手に持っていた段《だん》ボールを足の上に落としてしまった。うめき声を上げながら段《だん》ボールをひろう。中には、夕飯用にたのんだお総菜《そうざい》のパックがぎっしりつまっている。段《だん》ボールを落とした拍子《ひょうし》にパックがやぶれてしまったのか、ベーコンがむきだしになっていた。

「イェジの好物なのに……」

ママが肩《かた》を落とした。

何日か前に、電話中の会話をイェジに聞かれたのがずっと気がかりだった。傷《きず》ついたイェジの表情《ひょうじょう》が頭からはなれなかったが、あやまるタイミングをつかめずにいる。

家の中が静かすぎると思ってテレビをつけた。テレビからながれるニュースを聞くともなく聞いていたママの顔から血の気がひいた。ママはイェジの部屋にかけこみ、ドアをあける。そして、あのひどい想像《そうぞう》が現実《げんじつ》になったのを目のあたりにした。

「接続《せつぞく》が切れなくて、パイキキから出られないんだけど！」

あちこちから悲鳴が上がっている。ほかのプレーヤーを傷《きず》つけると、ゲームを強制終了《きょうせいしゅうりょう》させられるというルールがあるため、知らないアバターからいきなりおそわれる事件《じけん》も多発した。しかし、いくらはげしく戦い、もがいても、ユーザーはログアウトすることなくパイキキの中にとどまっている。だれもゲームから元の世界にもどることはできなかった。

「これが新たなはじまりだ」

アバター同士《どうし》が争う様子を、ヘルメットボーイはまるで美しい風景を見ているかのように、満足げにながめていた。

「いよいよパイキキが本来の姿《すがた》を取りもどす」

「本来の姿《すがた》？」

イェジは大声でさけんだ。

「本来のパイキキは、安全な場所！　みんなが楽しく遊べる自由な場所なの！」

「外の世界よりは、パイキキのほうがずっと自由がきくだろ」

「そんなはずない……」

イェジが体をよじるたびに、電気がながれるように全身が痛《いた》んだ。歯をくいしばって、イェジは両手をヘルメットボーイのほうへのばした。

「何をするんだ！」

ドラゴンの上で、イェジとヘルメットボーイがもみ合いになった。イェジの両手がヘルメットにとどき、からみ合っているうちにヘルメットがぬげた。イェジは思わず息をのんだ。そこに顔はなかった。ヘルメットの下からは、大きな肉のかたまりがあらわれただけだった。

「あんた……」

かたまっているイェジを見て、ヘルメットボーイは急いでヘルメットをかぶりなおした。

「落ちつけよ」

ヘルメットボーイが首をかたむけながら話しつづける。

「この状況《じょうきょう》は君には悪くない。パイキキで君は有名人だ。盗作事件《とうさくじけん》なんかは、みんなそのうちわすれちまうさ。おれたちのシタデルは、パイキキは、最高だろ。おれたちは、この世界の神になれるんだ。さあ」

ヘルメットボーイがイェジに手を差しのべる。握手《あくしゅ》をもとめているかのように。

「外の世界は、がっかりすることばかりだろ？」

イェジはヘルメットボーイの手をじっと見つめてから、ゆっくりと手を差しだした。

それから、ヘルメットボーイを突《つ》きとばした。

「おれになんてことを！」

ヘルメットボーイにふたたびつかまる前に、イェジは急いでクロヒョウを呼《よ》びだしてまたがった。なんとかヘルメットボーイから逃《に》げることができたが、ヘルメットボーイもや

られてばかりではなかった。

ヘルメットボーイは頭を上げて大声でさけんだ。

「あの冒険家《ぼうけんか》をつかまえたヤツには、賞金《しょうきん》として五億ゴールドくれてやる！」

まわりの冒険家《ぼうけんか》たちの目つきがいっせいにかわった。いまにもイェジにつかみかかってきそうな雰囲気《ふんいき》で、目を光らせている。イェジはぎゅっと目をつぶり、クロヒョウのスピードをさらに上げた。

信じられなかった。自由になりたくておとずれるようになったパイキキなのに、いままでは永遠《えいえん》にぬけだせない監獄《かんごく》になってしまった。パンプキンマンが街じゅうをうろついている。すれちがう際《さい》にデータをぬきとっていくパンプキンマンが、まるで無作為《むさくい》にユーザーを検問《けんもん》する軍人のように見えた。

どうにかきのこの森にかくれることができたが、ヘルメットボーイに見つかるのは時間の問題だった。イェジは悲しみにくれて静かに目をとじた。

「ルナ？」

だれかに肩《かた》をつかまれ、イェジはとっさにバブルガンを向ける。相手がさけび声をあげながら両手を上げた。

「またうつつもり？」

聞きおぼえのある声だ。イェジは目を細めた。

「え、もしかして……？」

茶髪《ちゃぱつ》に、おおげさなユーザー名。まちがいなく、クロノスだった。

「どういうこと？　あなたってこないだパンプキンマンにやられて……」

「そうそう！　アカウントをつくりなおすのに、思ったより手間取っちゃって。今日になってようやく復旧《ふっきゅう》したってわけ。でさ……」

クロノスが口ごもった。それで接続《せつぞく》したら、今度はログアウトできなくなったのだ。

「なんで入ってきたの！」

残念な気持ちをこらえきれず、イェジはカッとなってしまった。

「下手《へた》なくせに、なんでまた入ってきたのよ！」

「あのパンプキンマン、ルナがつくったんだろ？」

びっくりした。だれも聞いていないとわかっていても、イェジは声をひそめた。

「どうしてそれを？」

「何度もいっしょに落書きをして遊んだからね。パンプキンマンを近くで見て、すぐにわかったよ。ルナがいつも描《か》いている絵とすごく似《に》てたから。目とか歯にその人の特徴《とくちょう》が出るんだね」

そういう細かなところまで見てくれていたなんて。いままでだれも気づいてくれなかったのに……。

「ごめん」

「わざとじゃないってわかってるもん。ルナにそう仕向けてる人がいるんだよね」

イェジが顔を上げた。

「パンプキンマンにやられたときに見たんだ。君が本気でぼくを助けようとしているのを」

「でも……」

「ルナ」

クロノスがイェジの肩《かた》を強くつかんだ。

「ぼくが手伝うから。いっしょに解決《かいけつ》しよう」

「どうやって？」

「なんだってするよ」

クロノスが笑みをうかべた。

「どうせここはすべてニセモノだからさ」

クロノスの言葉は半分合っていて、半分はまちがっている。もちろんパイキキの中の世界はニセモノだ。食べることも、さわることもできない。だけど、ここでは本物の人間同《どう》士《し》がつながっていて、本物のお金にかえられるゴールドがやりとりされる。本物の世界と同じで、もはやにげることはできない。

それでもクロノスは自信《じしん》に満ちた笑みをうかべながら、イェジの手を取った。よくわからないけれど、これだけは本物だという確信《かくしん》があった。心。人と人のあいだに通じる心。

「やってみよう」

イェジはうなずいた。


「まったく方法がないってわけじゃないんだよね」

イェジは爪《つめ》をかみながらいった。

「すべてのNPC《エヌピーシー》には、動作を強制終了《きょうせいしゅうりょう》させるコードがうめこまれてるの。パンプキンマンもきっとそう。そのコードを起動できれば、すべてのパンプキンマンを強制終了《きょうせいしゅうりょう》させて、現実《げんじつ》世界にもどることができるはず。問題は……」

深く息をすって、話を続ける。

「パンプキンマンをひきつけるおとりが必要なの」

「それはぼくにまかせて」

あっさりとした返事だった。イェジは信じられないという顔で、クロノスを見つめる。

クロノスは晴れ晴れとした笑顔を見せた。

「ぼくがパンプキンマンの注意をひいているあいだに、ルナがかくされたコードを見つければいいってことだよね？　かっこいい！　なんかスパイ映画《えいが》みたい」

「本当にあぶないことなんだよ。今度こそただではすまないかもしれない」

「大丈夫《だいじょうぶ》。ルナといっしょだから」

イェジはクロノスをぎゅっと抱《だ》きよせた。しばらくもじもじしていたクロノスも、両《りょう》腕《うで》を広げてイェジをつつみこんだ。


ふたりの作戦がはじまった。

ふるえる気持ちでマップが暗くなる時間までまち、クロノスはふたりの非公開《ひこうかい》マップの外に出ていく。

深く息をはいた。気がつけば後ろから何かにあとをつけられている感じがしていた。クロノスは小さくいった。

「おまえなんかこわくない」

パンプキンマンの影《かげ》がクロノスにおおいかぶさった。近くから見たパンプキンマン

の顔は、以前よりも不気味《ぶきみ》だった。歯はサビついていて、顔はとけたろうそくのようにゆがんでいる。真っ黒な口と目の奥《おく》は空《から》っぽだ。

「ちょっとだけ、たえてっ！」

イェジはパンプキンマンにとびかかった。それから頭につかみかかると、プログラミングのコードウィンドウをひらいて、大急ぎで文字を読みこんでいく。

クロノスのほうは、必死で目を見ひらいていた。できるだけ時間をかせがなくてはならない。イェジがパンプキンマンを強制終了《きょうせいしゅうりょう》させるまで。恐怖《きょうふ》がおしよせてくるたびに、クロノスはイェジが描《か》いていた美しくておだやかな絵を思いうかべた。パンプキンマンもイェジが描《か》いたものの一部だと考えると、体のふるえくらい、おさえられる気がした。

そのときだった。パンプキンマンがかぎ爪《づめ》のような手を持ちあげ、するどく曲がった爪《つめ》をクロノスの胸《むね》に食いこませた。

「いけない！」

クロノスの胸《むね》あたりのグラフィックが乱《みだ》れる。それでも、クロノスはふるえる手をかろうじて動かして、パンプキンマンの爪《つめ》をつかみ取った。

「もっと急がなくちゃ……」

息がつまる。頬《ほお》は汗《あせ》でびしょぬれになっている。イェジはくちびるをかみしめながら、コードに目をとおした。ついに、赤い色で書きこまれた強制終了《きょうせいしゅうりょう》コードを見つけた。パンプキンマンがかぎ爪《づめ》を持ちあげたときだった。

「お願い、消えて！」

イエジはそういってすぐに強制終了《きょうせいしゅうりょう》のコードを起動した。地面が割《わ》れ、足元の芝生《しばふ》がレンガのようにバラバラになって宙《ちゅう》にういた。

やがて地面の下から巨大《きょだい》な光の柱があらわれ、あたりのものをすべてのみこんだ。

しばらく経《た》ってから意識《いしき》がもどったイエジは、たおれているクロノスのもとへ真っ先

にかけよった。影《かげ》がひとつ、たおれたまま動いている。無事だったんだ。イェジは影《かげ》に向かって手をのばした。

しかし、立ちあがったのはクロノスではなかった。

「どうして？」

強制終了《きょうせいしゅうりょう》したはずのパンプキンマンが起きあがり、イェジをにらみつけている。

「さっき、強制終了《きょうせいしゅうりょう》したはずなのに……」

あとずさりするイェジの背中《せなか》が、だれかとぶつかった。

ヘルメットボーイだった。

「それくらいのことで、おれを止められるとでも？」

「クロノスをどうしたのよ？」

「ほらあれ、なんていったかな？」

ヘルメットボーイが楽しそうに甲高《かんだか》い声でいった。

「〈強制退場《きょうせいたいじょう》させた〉っていえば、わかるかな？」

どきっとした。イェジがすぐにヘルメットボーイに向けていたバブルガンの引き金をひいた。そのとき、ヘルメットボーイが宙《ちゅう》にういた。空をとぶように、軽やかに。そして、手をふりあげると、けたたましい金属音《きんぞくおん》とともに、イェジの立《た》っている地面が突《つ》きあがった。イェジはあっという間に檻《おり》のようなものにとじこめられてしまった。

「ルナ」

ヘルメットボーイが顔を上げていった。

「なぜおれと戦うんだ。君はここが好きだったはずだ。外の世界より、この世界は悪くない。むしろここのほうがすばらしいかもしれない。君も本当は、わかってるだろうに」

ヘルメットボーイはささやいた。

「君だって、ここが本物の世界になることを願っていただろ？」

ずっと下に、ヘルメットボーイの豪邸《ごうてい》と滝水《たきみず》がながれる崖《がけ》が見えた。

イェジはつぶやく。

「ニセモノでしかないもん」

「……いま、なんていった？」

「あたしは……」

かこまれた檻《おり》の隙間《すきま》へ、イェジは足をのばした。

「もう何もこわくない」

イェジの足が隙間《すきま》をすりぬけて、イェジはそのまま絶壁《ぜっぺき》の下へ身を投げた。

重力がイェジをつつみこんだ。

落下しながら、イェジは目をつぶった。もしも自分の仮説《かせつ》がまちがっていれば死ぬかもしれない。判断《はんだん》を急ぎすぎたかもしれないとイェジが後悔《こうかい》しはじめた、そのとき。

いや、いまだ！　という直感とともに目をひらいた。

予想どおり、目の前に水面が見えた。イェジはおぼれないようにアイテムボックスからシャボン玉を取りだして、すぐさま全身をくるむ。ぽちゃんという音を立てて着水したイェジは、そのまま水の中へしずんでいった。

（成功……だよね？）

ながれる水には、地面とはちがった物理コードが適用《てきよう》される。そのため、高いところから落っこちても即《そく》ゲームオーバー、とはならないはず。短時間にひねりだした予測《よそく》だが、ばっちりだった。イェジはシャボン玉につつまれたまま、ゆらゆらとながされた。

ところが、今度は別の問題が発生した。

（どうしよう、シャボン玉がだめになってる！）

ひびが入ってしまったのだ。シャボン玉は使い物にならなくなった。水がながれこみ、どんどんたまる。せっせと腕《うで》と足を動かして水面へと上がろうとしたが、思うようにいかない。体がだんだんしずみ、身につけていたブレスレットがはずれてしまった。

しかたなくシャボン玉の装備《そうび》をはずすと、中にあった空気が気泡《きほう》となって水面へとのぼっていく。イェジは力《ちから》いっぱい水をかいて水面へと泳いだ。

水面から顔を出したイェジの目の前では、信じられないことが起こっていた。

「ここは、どこ？」

イェジが顔を出したのは水面ではなく、〝天井〟だった。つまり、いつの間にか天地が逆《さか》さまになり、イェジの頭上には地面が広がっていたのだ。水槽《すいそう》をひっくりかえしたのに、水が底についたままになっているような光景だと説明すればいいだろうか。イェジが状況《じょうきょう》をちゃんと理解《りかい》する前に、体は地面へ向かって落ちはじめた。

イェジは前にでんぐりかえしするようにして着地し、頭をかきながら顔を上げた。

「こんなところがあったんだ……」

一見すると、いつもゲームで見ているただの平地だった。アイテムや建物などはなく、動きまわっているNPC《エヌピーシー》の姿《すがた》も見当たらない。しかし、何かが変だ。風、がふいている。

イェジは自分の感覚をうたがった。仮想《かそう》空間では何もかもが本物のようだけれど、肌《はだ》にふれる感覚だけは再現《さいげん》することができない。これって勘《かん》ちがい？

イェジは手を強くにぎって、風がふいてくるほうへゆっくりと歩きだした。

しばらく進んだところで平地が終わり、そのかわりにゼリーのようにゆれる水たまりが長く続いていた。イェジはおどろいて足を止めた。水たまりの上に、さっきながされたはずのブレスレットがぷかぷかとういていたのだ。さっきまでいたあの水なの？　前へ前へずっと歩いたのに、元の場所にもどったってこと？

イェジの頭に、ある考えがよぎる。終わりなく続く空間、ここは「メビウスの輪」だ。髪《かみ》の毛《け》が風にふかれて乱《みだ》れた。やはり、本当に風がふいている。

突如《とつじょ》、地面がまっぷたつに割《わ》れ、ぽっかりあいた空間があらわれた。洞窟《どうくつ》だった。鍾乳《しょうにゅう》石《せき》がたれさがった洞窟《どうくつ》から、風がふいている。その奥《おく》へ道がのびていた。イェジは服で手のひらの汗《あせ》をぬぐって、洞窟《どうくつ》の奥《おく》へと入っていった。

奥《おく》に進めば進むほどだんだん暗くなり、そのうち目をつぶってもあけても区別がつかないくらい真っ暗になった。光ひとつ、見えなかった。イェジはアイテムボックスから光を放つクリスタルを取りだす。アイテムが使えない特殊《とくしゅ》なマップかもしれないと心配したが、さいわいにも、青い光がかすかに目の前を照らしてくれた。光を受けて、イェジの足元に細くてくっきりとした影《かげ》が差した。

イェジは休まずに洞窟《どうくつ》の奥《おく》へと進む。最初はなんの音も聞こえなかったが、だんだんこそこそと話す声のような音が聞こえてきた。耳がおかしくなっただけかもしれない。顔をしかめて、耳たぶをぎゅっとにぎった。

体が何かにぶつかった。光を照らすと、そこには顔がひどくゆがんだ彫刻《ちょうこく》があった。人が全身をひねったまま かたまってしまったかのようだ。くるしみの悲鳴を上げているような表情《ひょうじょう》がおぞましくて、イェジはさけび声を上げた。

あとずさると、背中《せなか》にさっきと似《に》たような彫刻《ちょうこく》がぶつかった。今度は体を前にたおしてまっすぐ走りつづける。まずいことが起きている、とイェジは気づいた。どの方向からきたのかがわからなくなっている。そのとき、だれかがイェジの肩《かた》をつかんだ。

「きゃ――っ!」

びっくりしたイェジは、手に持っていたバブルガンの引き金を思いきりひく。

シャボン玉は相手に命中し、奥《おく》の壁《かべ》までとばされてしまった。背中《せなか》が壁《かべ》にぶつかり、地面に転げおちた。

「ひどいなあ。頭がこわれちゃったよ」

起きあがった相手は、フードがついたパーカを羽織《はお》っていた。フードをかぶっているせいで、顔がはっきり見えない。

「あ、あなたはだれ?」

バブルガンをかまえたまま、イェジが目を細めた。相手が両手を上げる。

「わかった! 近づかないから、うたないで。お願い!」

イェジはまよいつつも、バブルガンをゆっくり下ろす。相手は深いため息をつくと、そのまま地面にくずれおちた。

「ひさしぶりに仲間がきたって思ったら。こんなやんちゃなヤツがくるとはなあ」

「仲間？」

「あいつにとじこめられたんじゃないの？」

「いや、あたしは自分できた」

パーカさんが口をひらいた。

「バカなことをしたね」

パーカさんは頭をぼりぼりとかきながらいった。イェジはその言葉の意味についてたずねようとしたが、パーカさんのほうが早かった。

「入って。わが家を紹介《しょうかい》するよ」


そのころ、ヘルメットボーイはうんと高い絶壁《ぜっぺき》の下で、イェジが落ちた滝《たき》の近くをしらみつぶしに探《さが》していた。焦《あせ》りをかくしきれず、つま先で地面をコツコツと鳴らしている。

水面が泡立《あわだ》ち、やがて暗い水の中からパンプキンマンがぬっと顔を出した。

「どうだ、いたか？」

ヘルメットボーイが大声でさけんだ。

パンプキンマンは返事のかわりに、のろのろと何かを差しだした。上級の冒険家《ぼうけんか》だけが身につけられるブレスレットだ。

「あいつは？」

パンプキンマンはただぼうぜんと立っている。ろくに話もできない役立たずめ！　ヘルメットボーイのいら立ちの矛先《ほこさき》がパンプキンマンに向かった。

パンプキンマンの手をふりはらってまわれ右すると、背後《はいご》からイェジのブレスレットが地面に落ちる音がした。知ったことか。どうせあの下に落ちたら、にげようがない。


「ここがあなたの家？」

イェジは低い天井に頭をぶつけないよう注意して中へ入った。パーカさんがうなずく。

「すてきだろ？」

イェジはほめられそうなところを急いでさがす。

「あの椅子《いす》、きれいだね」

「気づいてくれてありがとう」

実をいうと、この家でまともなものは椅子《いす》しかない。ふつうのアイテムを変に曲げたり、けずったりしてつくられたようなものばかりで、すべてがちぐはぐだった。

「ここは……どこ？」

「簡単《かんたん》にいえば、ゴミ捨《す》て場《ば》かな。いらなくなったデータをここにあつめているんだ」

「いらないものは、アップデートするときに消されるんじゃないの？」

「それでも目がとどかないところはある。たとえば、データを一時的に保存《ほぞん》するメモリとかね。そうやって行き場がなくなったものが、ここにたまっていくんだよ。すわる？」

「立ったままがいいかも」

「あっ、そう？」

パーカさんが豚《ぶた》に見えるぬいぐるみの上に足をのせた。解像度《かいぞうど》があらくてドットが目立つぬいぐるみは、古い時代のもののようだ。その上のパーカさんの足もまたあらい画像《がぞう》にかわる。パーカさんは頭の後ろで組んだ腕《うで》を枕《まくら》にして、椅子《いす》にもたれかかった。

「好きなものがあれば、持ってかえっていいよ。ただ、ここでねとまりするのは、なし。自分の部屋は自分で用意して」

「ここでくらすつもりはないけど？」

「自分で決められることじゃないよ。ここには出口がないもん。メビウスの輪を見たよね？　あいつが特別につくったの。だれもここからはぬけだせないんだよ」

「あいつって？」

「あいつだよ。変なしゃべり方と知ったかぶりの態度《たいど》のヤツさ」

「ヘルメットボーイのこと？」

「へえ、あいつ、最近はヘルメットをかぶってるの？　趣味《しゅみ》がかわったみたいだね」

「いったい、あなたはだれなの？」

沈黙《ちんもく》がながれる。しばらくして、パーカさんが両足を地面に下ろした。それから両手の指を組み、イェジを見あげていった。

「パイキキのアルファテスターさ。つまり、パイキキを最初に試《ため》した人間ってこと」

イェジは顔をしかめた。

「あなたが？」

「そう。そしてあいつも」

パーカさんが頭をかきながらいった。

「パイキキの試作《しさく》モデルをつくったのは、あいつだよ」

イェジはびっくりした表情《ひょうじょう》をかくせなかった。そんなイェジに顔を向けず、パーカさんは遠いどこかをながめながら話を続けた。

「友だちだったんだ。パイキキもいっしょにつくった。テスト班《はん》に選ばれたときは、ほこらしくてさ。月に着陸した人間になったような気分でね。VR装置《ヴィアールそうち》を身につけて、サーバーに接続《せつぞく》した。あ〜あ、最初にここにやってきたときのうれしさといったら、もうすごかったよ。でも、長くはもたなかった。予想もしないエラーが起きたんだ。どうしてだかV《ヴィ》R装置《アールそうち》の解除《かいじょ》ができなくなった。救助《きゅうじょ》サインを送って間もなく、あいつがやってきて。

でも、表情《ひょうじょう》が奇妙《きみょう》だったんだ。むしろうれしそうで。満面の笑みを、かくしきれずにいて……そしていった。『おれらは永遠《えいえん》に、ここでくらせるようになったんだよ』って」

「ここで、ずっと？」

「つまり、こういうことさ」

パーカさんがあたりを見わたした。

「あいつがわたしたちの安全コードを消したせいで、現実《げんじつ》世界にもどれなくなったんだよ。何をしてもむだ」

「いつからここにいるの？」

「二十年前から」

ひどい話だった。二十年も架空《かくう》の世界にとじこめられているなんて。ふと、パーカさんの本当の体はどうなっているかを想像《そうぞう》してみた。アバターはいつまでもかわらないが、現《げん》実《じっ》世界にいるパーカさんの肉体は、年を取っているのだろう。死んだように横たわっているあいだ、しわがふえ、白髪《しらが》も生えているかもしれない。イェジは怖気《おじけ》づいてつぶやいた。

「そんなこと、パイキキを買い取るフューチャーネットが気づかないわけないでしょ？」

「もちろんすぐに気づいたよ。だけどあいつらはわたしたちを助けることには関心がなかった。単に膨大《ぼうだい》な金を投資《とうし》したプロジェクトにエラーがあった事実をかくすのにいそがしかったんだ。だから、わたしたちの安全コードをすっかり削除《さくじょ》してしまった。ここにわたしたちを、とじこめたってわけ。……あいつは、ここからうまくにげ出せたけどね」

「……ほかの人たちは、どこにいるの？」

パーカさんはしばらくだまりこんだ。

「みんな、つらい思いをした。なんにも感じとれない体でゴミ捨《す》て場《ば》にとじこめられるのは、楽しいことじゃないからね。ひとり、またひとりと裏切《うらぎ》り者《もの》が出たんだよ。あいつのもとにいくんだ。結局、みんないった。そうして……。ごめん、ちびちゃん。それからどうなったか、わたしにもわからない」

寒気がした。強制終了《きょうせいしゅうりょう》できなかったパンプキンマンのことが思い出された。それなら、NPC《エヌピーシー》がシタデルの外を出歩いていたことも納得《なっとく》がいく。ヘルメットボーイがシステムをいじってパンプキンマンを動かしたわけではない。アルファテスターたちにイェジがつくったパンプキンマンのアイテムを装着《そうちゃく》させて、モンスターのふりをさせたのだ。

「おそろしい」

イェジがつぶやいた。

パーカさんは天井を見あげながら、ゆっくりフードをぬいだ。フードの下からあらわれたパーカさんの顔を見て、イェジは一瞬《いっしゅん》息をのんだ。パーカさんの目は肉のかたまりの中にうずもれていた。ヘルメットボーイの顔とそっくりだった。

「こわいよね」

「止めなくちゃ。このままじゃ、ほかの冒険家《ぼうけんか》たちも……」

パーカさんが長いため息をつく。

「だれもあいつに勝てやしない」

「でもやってみないと」

「ここから出ることもできないのに、どうやって？」

「どうやってって……」

イェジは地面を見下ろした。

「道はつくればいい」

イェジはアイテムボックスから巨大《きょだい》なハンマーを取りだした。そして、世界をゆるがすほど強く、地面にたたきつけた。地面はひび割《わ》れて穴《あな》があき、どんどん広がっていく。たちまちまわりのすべてがブラックホールのような穴《あな》にすいこまれていった。

「お、おい！　なんてことしてくれたんだ！」

地面がくずれおちていく。イェジは落ちながら、〝天井〟が近づいているのに気づいた。意識《いしき》がもどったとき、ふたりはいつの間にか砂漠《さばく》マップの真ん中に落ちていた。パーカさんがごほごほと砂《すな》をはきだすあいだ、イェジは体を起こして、砂漠《さばく》の向こうを見つめていた。ようやく立ちあがったパーカさんが横に立ち、イェジへ肩《かた》をすくめてみせた。

「ちゃんと計画を立てて動いたほうがいいと思うよ」

イェジはくちびるをかたく結び、パーカさんのほうに顔を向けた。

11. 嵐《あらし》の中の決闘《けっとう》

あらゆるところから悲鳴が上がっている。自分の髪《かみ》の毛《け》をむしるようにひっぱって転がる人、壁《かべ》に頭を打ちつける人、死んだようにうずくまっている人。自由な遊び場だったパイキキは、すっかりかわり果ててしまった。

大混乱《だいこんらん》の中を、ヘルメットボーイはゆっくりと歩く。その後ろを大勢《おおぜい》のパンプキンマンたちが、訓練中の軍人のように同じ間隔《かんかく》でついていく。

ヘルメットボーイがいきなり足を止めた。ふだん掲示板《けいじばん》として使われている巨大《きょだい》なレンガの壁《かべ》が、ヘルメットボーイの目にとまったのだ。掲示板《けいじばん》はユーザーたちの書きこみでびっしりとうまっている。すべて外の世界に助けを求める内容《ないよう》だ。

一番はしのとある書きこみが、ヘルメットのガラスにうつる。

私《わたし》がここにいることを知らせてください。ママに、パパに、友だちに。

ヘルメットボーイがレンガの壁《かべ》に手をそっとかざす。その手に、すこしばかり力がこもっている。レンガとレンガのあいだがキラッと光り、ひびが入ったと思ったら、まぶしい光とともに壁《かべ》が一気にくずれおちた。くだかれたレンガが雨のようにふってきた。

「このパイキキこそが本当の世界だ」

ヘルメットボーイはそうつぶやき、空を見あげた。

暗雲のように大きく、赤い月のように不吉《ふきつ》な影《かげ》がパイキキの空をおおっていく。それは、進行状況《じょうきょう》をしめす棒《ぼう》グラフだった。グラフはものすごいスピードでのびている。


イェジはクロヒョウを精《せい》いっぱい走らせた。マップのぬけ道をとおったり、はねあがったりしながらいきおいよく走りぬくと、パイキキの世界が猛《もう》スピードですぎていった。アバターたちは泣きながら大切なだれかの名前を呼《よ》んでいる。ペットたちは決められた動きをくりかえし、アバターたちのまわりをうろついている。その中には、イェジがつくったペットもいた。

（ほら、これを見て！）

自分の手で描《か》いた絵に命がふきこまれ、動きだした瞬間《しゅんかん》、ケラケラとわらってよろこんでいたクロノスの姿《すがた》を思い出す。そんなこと考えている場合じゃないのに。突然胸《とつぜんむね》がつまり、涙《なみだ》がこみあげてきた。

けれど、イェジは泣かなかった。くちびるをきつく結んで、さらに力強く走るだけ。イェジの頭上にも棒《ぼう》グラフがのびている。空をすっかりおおい、暗闇《くらやみ》は深まる一方だ。

「ユーザーの97・3パーセントの安全コードがおれの手に入ったぞ」

ヘルメットボーイの前に、半透明《はんとうめい》の大きなウィンドウがあらわれ、ヘルメットボーイが手をのばした。ウィンドウには［安全コードを消去しますか］と書かれた選択《せんたく》ボタンが表《ひょう》示《じ》されている。

「みんながここから出られなくしてやる。もうだれもひとりにはならないだろう」

ヘルメットボーイの手が、消去ボタンをタップしようとしたときだった。

シャボン玉の銃弾《じゅうだん》がヘルメットボーイに命中した。ヘルメットボーイは、地面にたおれたままあわてて顔を上げた。

「おまえ、いったいどうやって……」

「絶対《ぜったい》にあんたを止める」

イエジがヘルメットボーイに近づく。

ヘルメットボーイがあたふたしながら自分の体を手でたしかめる。シャボン玉の弾《たま》が命中したところが0と1の数字で乱《みだ》れ、ジジジジと音を立てた。ヘルメットボーイは信じられないという素《そ》ぶりで自分の胸《むね》をおさえた。

銃口《じゅうこう》を向けて、イエジは自信に満ちた笑顔を見せる。

「気分はどう？」

ヘルメットボーイが手をふりあげると、ありとあらゆる武器《ぶき》が空中からとびだした。竜《りゅう》がうずまく大砲《たいほう》、ふたつの青い弾倉《だんそう》がついているプラズマガン、金色の矢がついているスピアガン……。パイキキにあるすべての武器《ぶき》が出てきたようだった。ヘルメットボーイが指を動かすと、武器《ぶき》がいっせいにイエジへ発射《はっしゃ》された。矢が雨のようにふってきて、銃弾《じゅうだん》が地面をなぐりつける。

イエジはただちに事前に準備《じゅんび》していたシールドをアイテムボックスから取りだす。その場でプログラミングの画面をひらき、防御力《ぼうぎょりょく》を最大限《さいだいげん》に上げた。しかし、それでも力不足だった。ヘルメットボーイの攻撃力《こうげきりょく》が高すぎて、シールドにはもうひびが入っている。

イエジは歯をくいしばった。こぶしをにぎりしめ、ペットをよびだす。いつものクロヒョウではない。なんでものみこめる大きな筒状《つつじょう》の液体《えきたい》モンスターだ。口をあけた液体《えきたい》モンスターがすべての攻撃《こうげき》をすいこむと、ふりつづける雨のように途切《とぎ》れることのなかった攻《こう》撃《げき》に小さな隙《すき》ができた。イエジはその隙間《すきま》に突《つ》っこんだ。

イエジは急いでプログラムを書きかえる。すると、地面はぐにゃりと曲がり、イエジの頭をかばうように形をかえた。ヘルメットボーイはふたたび攻撃《こうげき》してきたが、その銃弾《じゅうだん》は地面の壁《かべ》によってはじきおとされる。イエジは深い息をはく。

息つくひまもなく、壁《かべ》が爆音《ばくおん》とともにゆれ出した。あわてて顔を上げると、岩のようなこぶしをふりまわすヘルメットボーイが目に入った。

「かくれてもむだだ」

イエジは壁《かべ》を取りはらって、バブルガンでヘルメットボーイをねらう。弾《たま》が命中したところがあらくぼやけ、ヘルメットボーイが悲鳴を上げながら転がった。

「走って！」

イエジはクロヒョウを取りだしてまたがると、あてもなくパイキキの土地を走った。

ヘルメットボーイがよろけながら立ちあがる。ぼやけていたグラフィックが、いつの間にか直っている。


石につまずいて転ぶように、クロヒョウがいきなり走ることをやめた。イエジは自分がどこにたどりついたのか気づいて、息をのんだ。イエジがつくったシタデル「熱帯の海にしずんだジャングル都市」だった。しかし、イエジがブラシで描《か》いたときの姿《すがた》は、跡形《あとかた》もなく消えている。

柱のようだったヤシの木は真っ赤にそまり、不気味《ぶきみ》にゆれている。木々《きぎ》のあいだから悲鳴のように聞こえてくる不吉《ふきつ》な音。美しい雨をふらせていた波打つ空は、どんよりとした雨雲でおおわれている。

クロヒョウがこわがって同じ場所をぐるぐるまわっている。イェジがクロヒョウのうなじをしっかりにぎりなおしたときだった。

「見つけたぞ」

ヘルメットボーイは大きな刀を手にぶらさげていた。ひきずられた刃先《はさき》が地面を切りさいている。世界をまっぷたつに割《わ》ってしまおうといわんばかりに。

ヘルメットボーイは空を切りさくいきおいで刀を持ちあげ、イェジの頭につきつけた。

イェジがいった。

「どうしてあんたが負けたと思う？」

イェジの言葉に、ヘルメットボーイが首をかしげた。

「可能性《かのうせい》を信じなかったからだよ。この世界が持っている可能性《かのうせい》を」

ヘルメットの分厚《ぶあつ》いガラスを見つめながら、イェジはふと現実《げんじつ》世界でヘルメットをかぶっている自分の顔を思いうかべた。いや、そんなのは意味のないことだ。どうせ自分の顔なんて、鏡の前に立っているとき以外は見ることもない。

本当の姿《すがた》というのは、それ以上のものだ。本当のあたしがどんな人間なのかは、自分で探《さが》すしかない。現実《げんじつ》の世界でも、架空《かくう》の世界でも、偽物《にせもの》は偽物《にせもの》で、本物は本物なだけ。

イェジは笑みをうかべた。

「おれが負けただと？」

急にひとりのパンプキンマンが出てきて、ヘルメットボーイをつかんではなさない。

「なんの真似《まね》だ。おまえは……！」

ヘルメットボーイからの攻撃《こうげき》で、パンプキンマンのかぶりものがこわれ、パーカさんの顔があらわれた。

「わたしのこと、おぼえてる？」

ふふっと声を出してパーカさんがわらった。


ちょっと前の話。

「わたしをNPC《エヌピーシー》にするって？」

パーカさんがあきれて大声でいった。

「NPC《エヌピーシー》はユーザーの情報《じょうほう》をぬきとることができるの。ヘルメットボーイの情報《じょうほう》もね」

イエジが指で砂《すな》の上にマップを描《か》く。イエジとヘルメットボーイがつくったシタデルまでの行き方だ。

「あたしが自分のシタデルであなたをNPC《エヌピーシー》に設定《せってい》すれば、ヘルメットボーイの情報《じょうほう》をぬすみとることができる。成功すれば、あの人がウイルスで手に入れたみんなの安全コードも、取りもどすことができるはずだよ」

「おいおい、あいつが思うようについてくるとでも？」

「それはあたしにまかせて」

イェジがクロヒョウにまたがりながら続けていった。

「先にシタデルにいってまっててね」

返事がない。パーカさんは、悲しそうな目をしてくちびるをかんでいた。

「……うまくいかないと思うよ」

「それでも、やってみるしかない」

イェジはパーカさんに何かを投げわたし、パーカさんがそれを受け取ろうとしているあいだに、クロヒョウを走りださせた。

パーカさんがわたされたものを見下ろす。カボチャでつくったかぶりものだった。


空を見あげると、棒《ぼう》グラフが短くなりはじめている。

まるで自分の命がけずられているかのように、ヘルメットボーイが悲鳴を上げた。

パーカさんはイェジが作業を終えるまで、ヘルメットボーイをしっかりつかんでいた。

やがてグラフが0になった。

ヘルメットボーイが地面にくずれおちた。

「このおれを裏切《うらぎ》ったんだな」

ヘルメットボーイが絶望《ぜつぼう》に満ちた顔でつぶやいた。

「あんたのためよ。もちろん、あたしのためでもある。このすてきな世界を、あたしは守りたかったの。この先も、ずっと……」

イェジはヘルメットボーイと静かに顔を合わせる。

「あたしが可能性《かのうせい》を信じていないといってたよね」

悲しそうな顔で、イェジが引き金に指をかける。

「あなたもいっしょよ」

ヘルメットボーイの胸《むね》の真ん中を、シャボン玉の銃弾《じゅうだん》が貫通《かんつう》した。


あたりが静まりかえった。ヘルメットボーイの首が前にたれた。胸《むね》には丸い穴《あな》があいている。穴《あな》の端《はし》からあらわれた0と1の数字が全身をおおいはじめた。数字が消えたとき、ヘルメットボーイの姿《すがた》は跡形《あとかた》もなくなっていた。

パンプキンマンたちはいっせいに空を見あげ、やがて数字につつまれて消えていった。

パーカさんの体も同じだった。

「君がわたしを自由にしてくれたみたい」

パーカさんがわらった。

「あなたはどうなるわけ？」

「家に帰るのさ。何か食べたいなあ」

完全に消える前に、パーカさんのわらい声が聞こえた。

「君を信じてよかった」

イエジはパーカさんに手をのばそうとした。まだいいたいことがある。しかし、手をのばしたところにあったのは、パーカさんの体ではなく、ひさしぶりに目にする選択《せんたく》ウィンドウだった。そこにはこのような文字が書かれていた。


「パイキキを終了《しゅうりょう》させますか？」


まばたきをすると、スクリーンが暗くなり、まどろみのようなものを感じた。

「……うん、もう帰るね」


「また会いましょう」


「ありがとう」

イエジはいう。

「またね」

だれにでもいう言葉だった。

12. はじめてのあいさつ

イエジが目を覚ましてから、あまりにもたくさんのことが、またたく間にすぎていった。

イエジは病院で横になっていた。ママとパパがいっしょにいた。ママはイエジを抱《だ》きしめ、パパはわっと涙《なみだ》をながした。ぼうぜんとしていたイエジは、頭が割《わ》れそうな痛《いた》みをがんばってこらえようとした。病院には、芳香剤《ほうこうざい》のにおいと、消毒薬《しょうどくやく》のにおい、それから正体のわからないツンとしたにおいがただよっている。甘《あま》い香りなんてものとは程遠《ほどとお》いけれど、それでもよかった。

「ママ、パパ」

イエジが口をひらく。

「家に帰りたい」

お医者さんが病室に入ってきた。

そのあとイエジに起こったことは、とんでもなく平凡《へいぼん》なこと、がっかりすること、日常《にちじょう》的《てき》なことばかりだった。

イエジはＶＲ《ヴィアール》ヘルメットの使用を禁止《きんし》された。パイキキにはもううんざりで、ヘルメットなんか使えなくても昔ほどつらくない。以前ヘルメットを送ってきたのがだれかについては、ママにだまっておくことにする。そのかわりに、イエジはママの手をにぎってこういった。

「あたし、もう謝《あやま》らないからね。ママが思うような娘《むすめ》じゃなくたって、後ろめたく感じる必要ないもん」

「どうしたの？　ママがいつあんたに……」

「あたしずっとがんばってたんだからね」

イエジの目がいつになくかがやいた。

「とにかく、いまはわかってるよ」

イエジをじっと見つめていたママが、ようやくうなずいた。イエジは小さくわらった。

「もう一度、絵を描《か》いてみようと思う」


パパに聞かれたことにも、イエジは正直に答えた。つらいことがあったときはつらいと。食べたくないものは食べたくないと。パパはイエジの変化に戸惑《とまど》っているようだったが、イエジの予想よりはあっさりと受け入れてくれた。

「そうなんだね」

イエジの素直《すなお》な返事を聞いて、パパはうなずく。いつしかパパに会いに行く日が、前のようにつらくなくなった。

イエジはクロノス、ソへ小学校五年生のキム・ミンソをたずねた。

ミンソは長いあいだ、学校を休んでいるという。ミンソの担任《たんにん》の先生は、ミンソがVR《ヴィアール》ヘルメット事件《じけん》の被害《ひがい》で、病院に入院中だと教えてくれた。

ミンソのママはだれかがミンソに会いにきたことにおどろいていた。イエジが病室をたずねたとき、ミンソの顔は、アバターの顔とはまるでちがった。もうすこし丸くて、メガネをかけている。

いまのイエジには、彼《かれ》に会えたことが一番うれしかった。

「だれ？」

ミンソがゆっくりと目をあける。

「ようやく会えたね」

イエジはわらった。

イエジはようやく理解《りかい》した。

現実《げんじつ》はがっかりするようなことばかりだ。だれよりも好きなのに気持ちをわかってもらえない人たちのあいだで、何よりも好きなのにがんばっただけの結果が出ないことにしがみつきながら、あたしたちは生きていかなければならない。すぐにしびれる両足をのばし、

本当に血がかよっている両腕《りょううで》をせっせと動かしながら生きていくのだ。痛《いた》いし、大変《たいへん》だし、さびしくなるときもあるだろう。

でも、数字でしめされる関心より、ミンソの笑顔のほうがずっと好きだ。

ある日の昼休み。イエジは自分の名前をよばれた気がした。席から立ちあがり、あつまっているクラスメートたちに近よる。

イエジは口をひらいていった。

「こんにちは」

あとがき

十歳《さい》、私《わたし》がイェジと同い年だった時のことです。私《わたし》はおそらく、人生最初で最後の犬との生活を経験《けいけん》しました。しかし、私《わたし》はあまりいい飼《か》い主ではありませんでした。結局、両親はちゃんと世話してくれる人に、犬を譲《ゆず》ってしまいました。私《わたし》が文句《もんく》を言うと、両親は言いました。

「なんで？　あんたにはテレビしかないんでしょ？」

そうなんです。私《わたし》は犬の世話よりテレビを見るのがずっと好きでした。犬を飼《か》うということには、汚《きたな》いうんちを片付《かたづ》ける、ということも含《ふく》まれます。また、粘《ねば》り強く訓練させ、毎日散歩にもいかなければなりません。しかし、犬は私《わたし》の思う通りに、指示《しじ》通りに動いてくれないことが多かったです。犬に比《くら》べると、テレビの中の世界は安全でした。きれいで、わかりやすくて、いつも私《わたし》のことを喜《よろこ》んでくれている気がしました。

いまの私《わたし》はどうでしょうか。ユーチューブ、インスタグラム、ツイッター、ティックトックなどなど。暇《ひま》さえあれば、画面をのぞいているのは、十歳《さい》の私《わたし》と同じです。誰《だれ》かのように「それは全部ウソだよ」と鼻で笑えたらよかったのに、デジタルの世界はいまでは自分の人生の一部になりました。

私《わたし》が送ったメッセージを読んだという表示《ひょうじ》が出ているのに返事が来ない時、私《わたし》よりたくさんの「いいね」がついている書き込《こ》みを見た時、おそろいで設定《せってい》したプロフィール写真を友達がこっそり変えてしまった時……。もやもやする気持ちを忘《わす》れようとしても、忘《わす》れることができませんでした。画面の中にあるものは、0と1という数字でしかないかもしれないけれど、それによって表現《ひょうげん》されているのは本物です。友情《ゆうじょう》、関心、約束、私《わたし》たちの気持ちは、決して偽物《にせもの》ではありません。

それでは、どこからどこまでが本当で、どこからどこまでが偽物《にせもの》なのでしょう。よくわかりません。わかることは、この本を書きながら毎晩後悔《まいばんこうかい》していたということだけです。ああ、犬の世話をきちんとすべきだったのに、それならもっといろんな学びがあっただろうに、もう少しいい大人になれたかもしれないのに、寂《さび》しさを少しは忘《わす》れられただろうに……。

デジタルの世界で最後まで守らなければならない、失ってはならない「本当」のことはなんでしょうか。みなさん、私《わたし》と一緒《いっしょ》に考えてみませんか。もしわかったら、ぜひ私《わたし》にも教えてください。本当に大事なことですから。

この本を選んでくださった子ども審査《しんさ》委員のみなさん、それから大人の審査《しんさ》委員のみなさん、物語に息を吹《ふ》き込《こ》ませてくれた編集者《へんしゅうしゃ》ユン・ホンウンさん、絵をかいてくれたキム・サンウクさん、デジタルの世界でもデジタルではない世界でも一緒《いっしょ》になってくれた友達、宇宙《うちゅう》で一番好きな家族、そしてあなたにこの本を捧《ささ》げます。

さて、私《わたし》はもう少し、ゲームを楽しんできますね。

2022年

訳者あとがき

本書は、韓国《かんこく》で二〇二二年に、児童文学の文学賞《ぶんがくしょう》である「ストーリーキング賞《しょう》」の受賞作《じゅしょうさく》に選ばれた作品です。ストーリーキング公募展《こうぼてん》は、大人の審査《しんさ》委員の評価《ひょうか》と子どもの審査《しんさ》委員百人による評価《ひょうか》を合算し、選考が行われます。この選考で『そしてパンプキンマンがあらわれた』は、子ども審査《しんさ》委員から絶大《ぜつだい》な支持《しじ》を受けました。「私《わたし》たちが数年後に日常《にちじょう》で目のあたりにするだろう仮想現実《かそうげんじつ》をめぐる話を、とてもリアルでスリリングにえがいている」「現実《げんじつ》はパラダイスではなく、がっかりすることも多いということを理解《りかい》したうえで、自らの可能性《かのうせい》を切りひらいていこうとして、新しい一歩をふみだす主人公の成長が感じられた」「VR《ヴイアール》機器とメタバース（仮想《かそう》空間）が定着した時代が楽しみに思えたり、このまま技術《ぎじゅつ》に支配《しはい》されてしまうのではないかと心配になったりしながら近い未来のことを想像《そうぞう》でき、夢中《むちゅう》になって読むことができた」といった理由です。

主人公は小学五年生のオ・イェジ。イェジは、現実《げんじつ》世界で息が詰《つ》まるほどつらい出来事を経験《けいけん》しています。パパとママの離婚《りこん》や将来《しょうらい》の悩《なや》みや友だち関係のトラブル。イェジはつらい現実《げんじつ》を目のあたりにするたびに、仮想現実《かそうげんじつ》の世界にもぐりこみます。VR《ヴイアール》ゲームの「パイキキ」です。イェジは「自分にとって大事なものは、すべてパイキキにある」と語ります。そこには現実《げんじつ》にはいない友だちがいて、自分の実力を思う存分発揮《ぞんぶんはっき》できる仕事がある。ゲーム世界の人々《ひとびと》はイェジの作品をよろこび、ほめてくれます。現実《げんじつ》がつらくなればつらくなるほど、イェジは現実《げんじつ》から逃《に》げるようにして、パイキキの世界に没頭《ぼっとう》していきます。

何でもつくることができる自由な世界。頭で想像《そうぞう》したものが、仮想《かそう》空間の中で本当に生きているかのように動き出します。イェジのよろこびを、みなさんもきっと理解《りかい》することができるでしょう。

現代《げんだい》を生きる私《わたし》たちは、ネットという仮想《かそう》世界ととなり合わせにくらしています。タブレットやスマートフォンでアプリを開けば、すぐに別の世界をのぞくことができる。ネットの世界で私《わたし》たちは、いつもとすこしちがった自分を見せることができます。イェジのように別のユーザー名をつけ、いつもの自分と違《ちが》ったキャラクターを演《えん》じることもできるでしょう。

イェジはつらい現実《げんじつ》に目をつぶるようにして仮想現実《かそうげんじつ》に没頭《ぼっとう》しますが、自由を感じていたゲームの世界もまた、だんだんイェジをくるしめてきます。自分の能力《のうりょく》をちゃんと見てくれていると思ったヘルメットボーイは自分を利用しようとし、イェジは仮想《かそう》世界でも自分の気持ちにウソをつくことになります。ついに、イェジがいけないことだと思いつつもやらかしてしまったことで、誰《だれ》かが被害《ひがい》を受けることになります。その事実を目のあたりにしたイェジは、ようやく自分の間《ま》違《ちが》いに気づきます。そして、イェジは言います。

> 本当の姿《すがた》というのは、それ以上のものだ。本当のあたしがどんな人間なのかは、自分で探《さが》すしかない。現実《げんじつ》の世界でも、架空《かくう》の世界でも、偽物《にせもの》は偽物《にせもの》で、本物は本物なだけ。

現実《げんじつ》世界はつらくて、仮想《かそう》世界だけが自由、なんてことはあり得《え》ない。どの世界であっても問題は起きるし、つらいこともあります。そういうときに大事なのは、自分にしっかり向き合うこと。自分の気持ちに正直になり、自分にできることをやってみること。イェジはヘルメットボーイとの戦いによって、本当の自分に向き合う勇気を手に入れたのです。

文学賞《ぶんがくしょう》の選考にかかわった児童文学の評論家《ひょうろんか》キム・ジウンは、この作品について「メタバースや仮想現実《かそうげんじつ》ととなり合わせで成長していく今の子どもたちに、最も楽しく読んでもらえる作品」と評価《ひょうか》し、児童文学作家のイ・ヒョンは、「子どもたちが生きている今の世界、子どもたちがゲームの世界をはねのけて、突《つ》き進まなければならない本当の世界の本質《ほんしつ》について問いかけている。それは世界についての質問《しつもん》でもあり、子どもの生き方につての質問《しつもん》でもある。『そしてパンプキンマンがあらわれた』は、そのむずかしいテーマ、つまり子どもたちと一緒《いっしょ》に私《わたし》たちが生きる世界の本質《ほんしつ》について語ることに成功している」と評価《ひょうか》します。

「現実《げんじつ》はがっかりするようなことばかり」と思ったら、まず自分ができることから、たとえば「両腕《りょううで》をせっせと動か」すことから始めてみませんか。そのようなちょっとした行動が、本当の自分に向き合う勇気を与《あた》えてくれるかもしれません。新しい一歩を踏《ふ》み出そうとしているみなさんを応援《おうえん》します。

二〇二四年七月

すんみ

そして パンプキンマンが あらわれた

2024年10月14日　初版第1刷発行

作　ユ・ソジョン
絵　キム・サンウク
訳　すんみ

発行人　野村敦司
発行所　株式会社 小学館
〒101-8001 東京都千代田区一ツ橋 2-3-1
編集 03-3230-5628
販売 03-5281-3555
印刷所　萩原印刷株式会社
製本所　牧製本印刷株式会社

ブックデザイン　bookwall

Printed in Japan
ISBN 978-4-09-290668-6